「人間の十四歳で、我と同等の大きさの胸を持つ女を見たのは初めてじゃぞ！」
「マリサ、我はヒメを守るので精いっぱいじゃ。前世殿と協力して自分の身は自分で守るようにの」
「……うん、分かったよ」

かし、みんな……
かなり個性的な寝方だよね」
マリサ
イヴァンナ
Ivanna
シャーロット
Charlotte
ルイーズ
Louise

もふもふ軍団と行く、のんびりSランク冒険者物語

けもの使いの転生聖女

2

Reincarnation of Beastmaster

白石 新
Arata Shiraishi

Illustration
希望つばめ
Tubame Nozomi

GC NOVELS

Contents

prologue

プロローグ ～かなり強くなりました～

さて、今日はソロで冒険者ギルドの討伐依頼に来ている。

と、いうのも暁の銀翼のメンバーであるシャーロットちゃんとルイーズさんは魔法学院の試験期間中なんだよね。

シャーロットちゃんは学生が本業だし、ルイーズさんに至っては伯爵令嬢なのに何故か冒険者稼業をしていて……魔法学院は基本的には貴族のための学校なのでそこは分かるんだけど、真面目に意味不明だ。

ってことで、あの二人は今回は不在って訳。

そんでもってまあ……仕方がないので、一人でオーク退治のために山奥まで来ている訳なんだよね。

――マリサ？　ちょっと提案があるバブ。

「ん？　どったの前世さん？」

――この前のSランク冒険者……マリサは手こずっていたバブ？

「うん、そうだね。前世さんパワーでゴリ押しで何とかなったけど、途中まではボコボコにされてたよね」

そこで肩に乗ってるフー君が、苦虫を噛みつぶしたような顔でこう言ってきた。

「いや、マリサ……アレをボコボコにされたと表現するのはどうかと思うぞ？」

「え？　私ってばバインドで雁字搦《がんじがら》めにされてボコボコに火魔法で焼かれてたじゃん」

「しかし、お主はノーダメだったじゃろ？」

「えー、途中から結構熱かったよ？　最後の方とか火傷《やけど》するかもーとか思ったもん」

「いや、じゃからな……」

その時、ヒメちゃんが私の服のお腹から飛び出してきた。

「まりさーみてー！　ちょうちょーちょうちょがいるよー！」

そうしてヒメちゃんは森の道を一人で駆け出していったんだけど……まあ、あの子はフリーダムだよね。

――ともかく、あのような弱者に手こずられると……私の沽券《こけん》にかかわるバブ。

「前世さんは生きている時は強すぎて相手がいなかったたって話だもんね」

――うむ。だから私は転生をしてきたバブ。ともかく……今回の討伐依頼には課題を与えるバブ。

「課題？」

――オークを練習台に私がマリサに武を叩き込むバブ。そろそろマリサもこの身体能力に慣れてきたので、頃合いかと思うバブ

「えー……それって山籠もりの修行みたいな？」

――まあ、そうなるバブね。

「私は……のんびり系でやっていきたいんだけど……」

——のんびりやるには力がいるバブ。まともな技の一つや二つはマスターしてもらわなければ困るバブ。

「技？　精霊魔法とかちゃんと使えるけど？」

——使えるというのと、使いこなせるというのは全く異なるバブよ。

そこでフー君も、前世さんの言葉に納得するように大きく頷いた。

「まあ、確かに前世殿の言う通り、マリサは力を持って暴れまわっとるだけみたいなところはあるからの」

「いや……でもやっぱ、汗臭いのはノーサンキューなんだけど……」

——ともかく、マリサにはオーク退治で基本技のいくつかを使いこなすレベルまでいってもらうバブ。

「技……？　必殺技みたいな？　でも、それだったら龍言語魔法使えるけど？」

――実はマリサ……龍言語魔法のことなのバブが……何か心当たりはないバブ？

「え？　アレって前世さんが私にプレゼントしてくれた力じゃないの？」

――ちょっとマリサ。龍言語魔法を撃ってもらってもいいバブ？

「そりゃあ構わないけどさ」

そうして私は龍言語魔法を発動させるべく、体中に魔力を流した。

あ、何か……二回目だから前と比べてめっちゃスムーズに大きな魔力が体中に流れていくよ。

で、私は掌を前方の大岩に向けて構えたんだけど……あれ？

魔力が背中に流れて……？

その時、フー君が驚愕の表情を作った。

「おいマリサ？」

「ん？　どったのフー君？」

「お、お、お、お……お主……せな、背中から……」

「背中から？」

「はてな？」と小首を傾げると、フー君はドン引きの表情でこう言った。

「翼が出とるぞ？」

「え、え、ええええ!?」

後ろを振り返ると、確かに……黒いソレっぽいものが見えた。

実体じゃなくて、何かオーラとか闘気とか霊体とかそんな感じなんだけど……って――

「何これ!?」

――やはり……龍言語魔法の威力が強すぎると思っていたバブ。

「ぜ、ぜ、前世さん!?　何!?　コレなに!?　何なの!?」

――これは恐らく……いや、分からんバブ。

「今、恐らくって言ったよね!?　き、き、気になるよ！　なんで私に翼生えてるの!?」

――可能性の話を伝えても混乱させるだけで仕方ないバブ。まあ、今のところは本当に分からんバブ。

「あ、そうなんだ」

――ヤケにあっさり引き下がるバブ？

「いや、分からないんだったら仕方ないでしょ？」

ってか、何よコレ!?

今は山奥だからいいけど、街に戻ったらこんなの目立って仕方ないよ！

ひっこめ、ひっこめえええ！　翼よひっこめえええええ！

「あ、引っ込んだ。良かったー」

と、そこでフー君が大きく頷いた。

「翼も引っ込んだようじゃし、一件落着のようじゃな！」

「うん、ともかく今はオーク退治だよね！」

――いや、引っ込んだからってそんな軽いノリでスルーして良いもんバブ……？

と、まあそんなこんなで私たちはオークが大量発生している森へと向かったのだった。

二週間後、森林内。

昼間だというのに森はひんやりと薄暗い。

そして身を潜めるオークたちに――私は囲まれていた。いや、包囲されていた。


――マリサ、周囲のオークの数は？


「七百ってところだね」

あれから修行がてらにオークの巣穴や集落を潰すこと、その数六十二。

最初は私がオークを追いかけまわしてたんだけど、いつの間にか私はオークに追われる立場になっていたんだよね。

フー君曰く「ここらのオークの首領たちが、連日巣を潰しまくる謎の襲撃者対策に大連合を組んだ」とのことだ。

――正確には七百十五バブ。どうやら、連中は残存兵力の全てを投入してきたようバブ。

と、その時、樹木の上から一斉に矢が飛んできた。

「金剛っ！」

いや、技名を叫ばなくてもいいんだけどね、これは常時発動《パッシブ》の防御スキルだし。

と、まあこれは前世さん曰く「戦場に身を置く者としての基本中の基本」のスキルらしい。

そして、私に向かってきた矢は、闘気で鋼鉄と化した皮膚にぶつかり――カキンカキンと音を立ててその場に落ちていく。

そのまま矢や投石を受け続けて十数秒――私は攻撃を意に介さずに精神を集中させる。

「ギギっ⁉」

と、そこで森の中からオークたちの狼狽《うろた》える声が聞こえてきた。

いや、まあそりゃあビビるよね。

なんせ遠距離一斉攻撃を受け続けてノーダメなんだから、逆の立場ならこんなの私でも怖いよ。

と……良し、正確な索敵とロック・オン終了だよ！

そして、頭上に掲げた掌に魔力を流す。

「魔弾の射手《スター・サジタリウス》」

シュオンシュオンと空気を切り裂く鋭い音と共に現れたのは数百の光弾だ。

そして、それぞれの矢が意思を持ったようにロックオンした先に向かい、縦横無尽に森の中へと消えていく。

「ギャっ！」

「グギギっ！」

「ウギっ！」

断続的に続くオークさんたちの悲鳴に、フー君は満足そうに頷いた。

「うむマリサ、少しはサマになってきたようじゃの」

遠距離防御と遠距離攻撃兼範囲殲滅《せんめつ》の基本ってことで、金剛と魔弾の射手《スター・サジタリウス》の二つの技を教えてもらったんだけど……。

うん、確かにこりゃ便利だよね。

金剛の方は身体能力強化の応用だからすぐにできたんだけど、魔弾の射手《スター・サジタリウス》と周辺索敵の方は難しかったんだよ。

狙いも定まらなかったし、ロックオンに神経使うし、走ってオークさんの一匹一匹を殴り倒した方が早いって最初は思ったんだけど……。

一網打尽にできるってのは本当に便利だ。それに一点に光矢を集中させると火力もかなり出るし。

「しかしマリサ、奴らも最終手段を出してきたようじゃぞ」

お？　最終手段ってどういうことかな？

と、周囲のオークさんたちに再度の索敵を使用すると……確かに一体だけ魔弾の射手《スター・サジタリウス》を受けても動いている反応があった。

えーっと……この距離なら見えるんじゃないかな？　と、右を向いて目を凝らしてみると——

「な、な……何かオークさんの決戦兵器みたいなのが出てきたよ！」

森の中から出てきたのは、巨大な棍棒《こんぼう》を持った……とにかくなんか、物凄《ものすご》く大きいオークさんだった。

「オークエンペラーじゃ。力量的には前回のSランク冒険者レベルかの？」

先手必勝とばかりに魔弾の射手《スター・サジタリウス》を再度放って、攻撃箇所も一点に集中……けど、硬い！

無数の光矢を受けても、巨体の表面に少し刺さるだけで致命傷にはなってないみたいだね。

とはいっても、数が数なのでフラついてはいるんだけど——。

そうしてオークエンペラーさんは走ってこっちに向かってきて、あっという間に距離をつめてきた。

で、続けざま、こっちに向けて棍棒を大きく大きく振りかぶったんだ。

動きはこっちが圧倒的に速いからよけようとしたけれど、前世さんの無言のプレッシャーに私は思いとどまる。

はいはい前世さん、せっかくの練習台だからちゃんと有効活用しなさいってことだよね。ってことで——

――丹田に込めた闘気を上方の空間に向けて一点集中っ！　よし、できた！

「神護結界《イージス》っ！」

迫った棍棒に対し、頭上に結界――光の盾を形成。

ガキンと音が鳴って、棍棒を受け止める。

そして最後に、丹田に再度闘気を集中させ、血流に乗せて気を全身に巡らせる。

さあ、いくよ！

これぞ、我が必殺のおおおおおおおお――

「――神域強化っ！」

これは身体能力強化の究極バージョンだ。

前世さんの時代――神魔大戦の頃には使える人もちょこちょこいたらしいね。

で、私はオークエンペラーさんの棍棒を左手で殴りつけて吹きとばした。

そのまま、頭に向かって飛び、その額に向けて右腕を突き出す。

――パシュン。

放たれた神速のデコピン。

顎に直撃し、そして……目をぐるりと反転させて白目を剥き、ズシーンっと大音量と共にオークエンペラーさんは倒れた。

「まだ終わっておらんぞマリサ！」

気配を察して空を見上げる。

はたして、そこには巨大な怪鳥の背に乗るオークエンペラーさんの姿が三セット。

私は掌を頭上に掲げて――

「レベル５龍言語魔法：銀色咆哮《ドラグズ・イレイサー》っ！」

凄い大きなレーザーというか、ビームみたいなのがオークエンペラーさんたちに向かっていく。

そして、イレイサーの言葉通りにレーザーの直撃を受けたオークエンペラーさんたちは消失してしまった。

さて、これで掃討終了。

念のために周囲に索敵のスキルをかけるけど……うん、オークさん系統の反応はゼロだね。

「よし、ミッションコンプリートだよ！」

で、後ろを見てみると……うん、やっぱ何か……あるね。翼が。それも黒いのが。

とりあえず、ひっこめえええええ！

良し、引っ込んだ！　と、ガッツポーズをとったところで前世さんが不思議そうに呟いた。

――やはりおかしいバブ……。

「ん？　どったの前世さん？」

――こんな力は私は知らないバブ。金剛、魔弾の射手《スター・サジタリウス》はおろか、神護結界《イージス》、神域強化と比べても……ステージの違う技に……龍言語魔法が強化されているバブ。


いや、そんなこと言われても反応に困るよね。

こっちは龍言語魔法は前世さんに貰った力だと思ってたんだけど、そんなの知らないとか言われてもさ。

「まあ、マリサが強いということで良いではないか」

フー君は能天気に「カッカ」と笑ってるけど、頭の中の前世さんの雰囲気……なんかちょっとマジなんだよね。

と、私もちょっとマジなトーンで考え込んでいたその時――

「まりさーつよいーすごいー！」

「ヒメちゃーん！」

我が家のアイドルがワイバーン（！）さんを引きずって戻ってきた。

ヒメさんじゃなくてヒメちゃんのサイズでワイバーンさんを引きずってるもんだから、とにかく違和感半端ないんだけど、ともかく――


――カワイイ！


そしてヒメちゃんはワイバーンさんをその場に置いて、尻尾をふって私の胸に飛んできたんだ。

「まりさー」

ふふ、ペロペロされちゃった。ヒメちゃんはやっぱ可愛いね。

で、私もお返しとばかりにヒメちゃんを抱き上げてスリスリと頬ずりをする。

「ヒメちゃんも狩りの勉強頑張ったねー！」

「うんーひめがんばったー」

ちなみにヒメちゃんはフー君先生の指導の下、基本的な狩りの勉強をこの二週間していたんだよね。

ヒメちゃんを両手で高く持ち上げ、お腹に顔をうずめてクンスカしてみる。

「ふふふーまりさくすぐったいー」

と、そこで周囲に違和感を感じた私はヒメちゃんを地面におろして、フー君に視線を向ける。

「……む？」

フー君も気づいたようで、いつの間にかフェンリルちゃんの姿から神狼となっていた。

と、いうのも気づけば――フリルのついた豪奢な衣装で着飾った、肌の白い……私よりも二，三歳くらい年下の見た目の女の子がすぐそこに立っていたのだ。

それも、私とフー君にこの距離まで近寄ったことを気取られることもなくね。

「前世さんはどう思う？」


――マリサ、体をいつでもこちらに渡す準備をしておくバブ。


あー……何となくそうじゃないかなーと思ってたけど、やっぱこの女の子ってそのレベルなんだ？

「マリサ、我はヒメを守るので精いっぱいじゃ。前世殿と協力して自分の身は自分で守るようにの」

「……うん、分かったよ」

っていうか、この二人が警戒してるのって初めてじゃない!?

何か……ヤバいの来たみたいなんですけど！

だってこの二人、ドラゴン相手にしても神とかカイザーとかついてないと大したことないとかいうレベルなんだよ？

と、戦慄を覚える私に、女の子はニヤリと妖艶に牙をチラつかせて笑い――ぺったんこの胸を張ったのだった。

chapter 1

吸血鬼の姫（幼女）

「はい、お茶のおかわりだよ！」

「うむ。と、まあそんな感じで……このままじゃとマリサは正気が保てなくなってしまうのじゃ！　かっかっかっ！」

私たちの眼前で、幼女が豪快にクッキーを食べていた。

草むらの上にゴザを敷いた場所。

そこに座って、お茶を飲みながら、見た目十二歳くらいの吸血鬼の幼女が私のオヤツの自家製クッキーを……遠慮なしにバクバク食べて、紅茶をゴクゴク飲んでいた。

ああ、このままじゃ私の唯一の娯楽のお菓子がなくなっちゃう……。

少しは遠慮してくださいと私は半泣きになる。

と、それはさておき幼女は凄《すご》く……可愛い。

黒髪に真っ赤な瞳、そして深紅のマント。

黒を基調としたフリフリの服で、本当に可愛らしいんだよね。

物凄い美形なので、綺麗成分も当然入ってる。

綺麗が四で、見た感じの年齢相応の可愛らしい感じが六ってとこかな。

抱きしめれば折れちゃうんじゃないかってほどに華奢で細くて、黙っていれば深窓の令嬢で通りそうな感じの怖いくらいの整った顔をしてるんだけど――。

「かっかっか！　しかし、人間の十四歳で、我と同等の大きさの胸を持つ女を見たのは初めてじゃぞ！」

と、まあさっきからこんな調子で、妙にフレンドリーだ。

ってか、そっちは完全にまっ平だけど、私はちょこっとはあるからね！

と、それはさておきこの吸血鬼幼女が現れた理由だね。

端的に言うと、この前のSランク冒険者の時に助けてくれたドラゴンさんから情報がいったらしい。

で、この子とドラゴンさんの具体的なやりとりはというと――

『ひゃあ、やめてください！　やめて！　ガラスを爪でガリガリするのはやめて！』

『さあ吐くのじゃ！　別に喋《しゃべ》るのを止められている訳でもあるまい！』

『やめて！　やめてください！　ガリガリ、ガリガリはやめて！』

『言っておくが我はドラゴンには容赦はない！　今は爪一本じゃが――二本、三本と増えていくぞ？』

『や、や、やめてええええええ！　ド、ド、ドラゴンは五感が敏感なんですーーー！』

と、そんな感じで……現在に至るということだ。

「で、イヴァンナちゃん？　正気を保てなくなるってどういうことなの？」

「我は吸血姫であるぞ？　イヴァンナ様と呼べと言っておろうに……まあ良い。ともかく貴様は転生者憑きなのじゃ」

「転生者憑き？」

「えーっとじゃな……貴様の頭の中に変なのがおらんか？　あるいは変な声が聞こえたり……の」

「ええ、それはいますけど……でも前世さんは悪い人じゃないですよ？」

「違う違うもう一人のことじゃ。さっきから念話をしておる……シェリルのことではありゃあせぬ」

「え？　シェリル？」

「ああ、三千年前の知り合いでな。昔にやりおうたことがあるのじゃ」

え、そうなの前世さん？


――昔にイヴァンナとは色々あったバブ。

ち、ちなみに勝敗の結果は？

――互いに敵でもなし……様子見でやりあったところでおしまいバブよ。それ以上やると殺し合いになることを互いに察したバブ。私はその気だったが……イヴァンナがその気ではなくて……。

な、なるほど。

つまりは、この子は前世さんに匹敵する可能性がある実力者ってことだね。

「でもイヴァンナちゃん？　もう一人って？」

「貴様の中には二人おるぞ？　知らんかったのか？」

「二人……？　えっ!?　えっ!?　ええええっ!?」


――やはり……そうだったバブか。イヴァンナもそう言うなら間違いないバブ。

あ、前世さんは何となく気づいてたっぽいね。

――強大な何かが潜んでいるのは間違いないっぽいバブが……ぶっちゃけ何か分からんバブ。まあ、今のところは正体を調査中バブ。


「何者か分からん……か。ともかく、十六歳になったらマリサは正気を失うことになる訳じゃ」

と、イヴァンナちゃんはクッキーを二枚まとめてパクリと一口。

うう……今のでクッキーの残り枚数が十枚を切っちゃったよ……これじゃあ、街に戻るまでの私の甘味が……心のオアシスが……。

実は私はフー君やヒメちゃんが巨大化するだけで、見た目の圧に負けて強く言えないくらいに気が弱いんだよね。

そんな私にとって『もう食べちゃダメ！』って初対面のイヴァンナちゃんに言うのは、ハードル高すぎるよ……。

こんなことなら友好の証としてクッキーを全部出すんじゃなかった……ケチっておけば……とほほ……。

「で、正気を失うって？」

「魂の憑依現象じゃからな。通常、生まれた瞬間か……あるいは成人のタイミング、つまりは十六歳になったら人格乗っ取りが行われるはずなのじゃ。それが転生者憑きの定めじゃからな」

「人格乗っ取り？　転生者憑きの定め？」

ってことは前世さんも？　と、私とフー君は互いに顔を見合わせる。

そして私は頭を両手で抑えながら、前世さんに向けて叫んだ。

「前世さん！　そんなことしようとしてたのっ!?」

――い、い、いや、話を聞いてほしいバブ。

「乗っ取りでしょ!?　私の体を乗っ取ろうとしてたの!?」

――いや、誤解バブ！

「誤解も六階もないよ！　乗っ取りだよ!?　乗って、取るんだよ!?」

――だから話を聞けというに！　最初はそうしようと思っていたのバブが……実は……。

「実は？」

――私も女なのでな。モフモフは好きバブ。

「んー……つまり？」

――乗っ取るとフェンリルやらベヒーモスが悲しむバブ。それはちょっと……というのはあるバブ。

「なるほど」

「それで納得してしまうのか貴様はっ!?」

イヴァンナちゃんが目を丸くしていたけど、ともかく、知らないところでモフモフたちが私を守ってくれていたようだね。

それはさておき……さっきから、私には物凄く気になっていることがあるんだ。

そう、私の頭の中のもう一人について、本題に入る前にはっきりさせておかなきゃいけないことがあるんだよね。

と、いうのも——

「あのねイヴァンナちゃん？」

「ん？　なんじゃマリサ、急に神妙な顔つきになって……？」

「喋り方なんだけど……」

と、そこでイヴァンナちゃんは小首を傾げる。

「うむ？　喋り方？　ああ……そうじゃな、説明しておかんといかんか。我の中身は四千年を生きる吸血姫であり、この喋り方が自然なのじゃ」

続けて、イヴァンナちゃんはドヤ顔で頷いた。

「とはいえ、我のような可愛らしい見た目の少女が老獪《ろうかい》な口調というのは……驚くのも無理ない。そりゃあ見た目とのギャップで違和感があるじゃろう」

と、私はフー君と目を見合わせて、同時に頷いた。

「いや、違うんだよイヴァンナちゃん」

「ん？　どういうことじゃ？　我の見た目と、この喋り方のギャップで貴様らが驚いて……それはそれは驚いてビックリしておるということじゃろ？　威厳、あるいは畏怖を感じておるということなのじゃろう？　見た目は幼女なのにこの喋り方……こやつタダ者ではないと一目置いてしまったということなのじゃろう？　いやー、でもこれが我じゃしなー……いやはや、喋り方一つで相手に一目置かれてしまう……まあ、そこは真祖の吸血鬼である我のことじゃから仕方がないのじゃが……」

ってていうか、イヴァンナちゃんは喋り方を指摘されて、目をランランとさせて物凄く嬉しそうだね。

「いやー、でもギャップって大事じゃからなー、この喋り方は我の可愛さを引き立たせる効果もあるしなー。というか、これが自然な我じゃしなー。特に気取ってやっとる訳でもありゃあせんしなー。いやはや、自然な振る舞いの喋り方一つで強者の雰囲気を発してしまうとは……困ったもんじゃ」

ど、どうにも……ロリババアという属性に誇りを持っているようだね。

でも違う、そうじゃないんだよイヴァンナちゃん。私たちが思っているのはそこじゃないんだよ。

と、そこで私は「違うよ」とイヴァンナちゃんを制した。

「違うんだイヴァンナちゃん。私の言いたいことは……」

「ふむ、違うとな？」

言葉を受けて、私は大きく大きく頷いた。

「イヴァンナちゃん……その喋り方……フー君と喋り方が被っちゃってるんだ」

しばし考え「信じられない」とばかりにイヴァンナちゃんは目を見開いた。

「な……ぬ？　被り……じゃと？」

と、そこでフー君が会話に割り込んできた。

「そもそもじゃな、何というか……ベタなのじゃ」

衝撃のあまり、イヴァンナちゃんは大きく大きく口をポカンと開いた。

「ベタ……じゃと？」

「いや、イヴァンナ殿は少女の見た目と老獪口調――ギャップがあると自分では思っておるようじゃが、真祖の吸血鬼であり、三千歳以上……むしろその口調でないほうがおかしいじゃろ？」

しばし何かを考えてイヴァンナちゃんは「ぐぬぬ」と唇を噛み締めた。

「な、なんじゃ、悪いのか？　我の喋り方は悪いのか!?」

「いや、イヴァンナちゃん……全然悪くないよ？　でも、ただ……被っちゃってるんだよ。いや、本当に全然悪くないんだよ？　でも、気になっちゃって、一応言っておこうかなって」

フー君も私の言葉に大きく頷いた。

「そうじゃ、イヴァンナ殿は……悪くはない。悪くはないのじゃが……ベタなのじゃ。どうにもさっきのイヴァンナ殿のギャップという言葉が我は気になってしまって……」

そうして「ベタ……」と、何か思うところがあったのかイヴァンナちゃんは「はっ」と息をのんだ表情を作った。

「確かに……神龍の姫も、女魔王も、大仙人も……あやつもこやつも……長寿の実力者で見た目が少女の輩《やから》は――みんなこの喋り方じゃ！」

「じゃろ？」

フー君の問いかけにイヴァンナちゃんは蒼白の表情で、狼狽しながら頷いた。

「い、いやあ……これは驚いた……。三千年以上生きてきたが、初めて気づいたのじゃ……これはこれは……驚きが……ま、まっ、まっ……マジでパないの。我ってば、実際問題……この独特の口調で特別の強者感を出そうと思っていたところもあるのじゃが……」

ん？　マジでパない？

と、頭の中で引っかかったけどここはスルーしておこうか。

そのままイヴァンナちゃんは何度も頷きながら言葉を続ける。

「いやー、まさか老獪口調がありきたりのベタベタだったとは……これは一本取られた。はは、これはこれは……ま、ま、マジでチョーウケるの」

ん？　マジでチョーウケる？

私とフー君は顔を見合わせる。どうやらフー君も私と同じことを思っているようだ。

と、いうことで――


――審議タイムに突入だよ！

「えーっと、フー君？　どう思う？」

「いや、まさかとは思うのじゃが……」

「うん、私もまさかとは思うんだけど……」

私とフー君は、チラっとイヴァンナちゃんに一瞬だけ視線を送る。

すると、そこには先ほどの狼狽とは打って変わった、自信に満ちたイヴァンナちゃんの姿があった。

そして私とフー君は冷や汗をかきながら、「あはは」と苦笑した。

「いやマリサ、でも……まさかの？　いくらなんでもそんなことはありえんじゃろ？」

「うんフー君。老獪口調がありきたりと指摘されて、そういうキャラ付けの路線でいこうとしてるとか……。そんな浅はかなことはいくらなんでも……古代から生きる威厳ある吸血姫に限ってそんなこと……」

で、その言葉が聞こえていたようで、イヴァンナちゃんは一瞬で顔を真っ赤にして――

「そ、そ、そんなことないし！」

と、グルグルパンチの要領で、両腕をグルグルと回し始めた。

そのまま、地団駄を踏みながら、イヴァンナちゃんは子供のように声を荒らげる。

「ぼ、ぼ、ボクはそんなことしないもん！　いや、おいどんが……そんなことするわけ……なかろーもん！」

は、は、半泣きだ！

真祖の吸血鬼の姫が、顔を真っ赤にして半泣きになっちゃってるよ！

「イヴァンナちゃん！　いいから！　いいから！　もう老獪口調でいいから！　無理しなくていいから！」

そして涙目になったイヴァンナちゃんのところに、ヒメちゃんがテクテクと歩いて行った。

「ないちゃだめいばんな。ひめさわっていい。もふもふしていい。まりさいつもひめをもふもふしてるとにこにこ。いばんなもにこにこなる」

「おお……ヒメよ……お主は優しいのじゃな」

で、イヴァンナちゃんはヒメちゃんを抱きしめて心を落ち着かせたようだ。

その時、一連の話を黙って聞いていた前世さんが――。


――話が進まないバブ！


と、そこでイヴァンナちゃんはコホンと咳ばらいを一つ。

「で、私たちはどうすればいいのイヴァンナちゃん？」

「まあ、要はマリサの中で十六歳の誕生日を待っておる……転生者を制御すれば良い訳じゃ」

「……制御？」

「魂だけの存在じゃからな。転生者というのはどいつもこいつもチート持ちで手が付けられんが、肉体がないのであればどうとでもなる」

「ふむふむ。それで具体的にはどうすれば？」

「自分で調べろ……と言いたいところじゃが……」

　と、イヴァンナちゃんは大きく頷いた。

「真紅の宝珠《スカーレットオブノスフェラトゥ》を手にすれば良い」

「真紅の宝珠《スカーレットオブノスフェラトゥ》？」

　うむ……と、言ってからイヴァンナちゃんはクッキーをパクリと放り込む。

　ああ、これで残り……七枚……。

「いかに転生者といえど、魂の存在である以上は冥府の制約を受ける。故に、冥界の神の力を宿した宝石――真紅の宝珠《スカーレットオブノスフェラトゥ》を上手く使えば……魂の制御などちょちょいのちょいじゃ」

「なるほどー」

　なんか話が難しくて半分くらいしか分かんなかったけど、フー君が神妙に頷いているので同意しておこう。

「と、ところでイヴァンナちゃん？」

「うむ。なんじゃ？」

「イヴァンナちゃんって魔物なんでしょ？　どうして私に良くしてくれるの？」

「何じゃ貴様は？　吸血鬼は魔物ではなく亜人じゃぞ？　まさか貴様は我を誰彼構わずに血を吸うよ

うな野蛮な輩と思っておるのか？」

「え？　違ったの？」

「たまにこういう輩もおるんじゃよなー」と、イヴァンナちゃんは溜息をついた。

「そもそもじゃな、我らはそれほど血液は必要とせん。必要になった時は金でやりとりしておるわ」

「そうなの!?」

「無駄に人間と揉めても仕方あるまいに……そもそも我は人間に恨みはないし、人間の国家とは相互不干渉の盟約も交わしておる。無駄に他の生命に噛みついて血を吸ったりはせんわ」

と、そこでイヴァンナちゃんは押し黙った。

そして大きく大きく息を吸い込んで断言した。


「問答無用で噛んで良いのはドラゴンだけじゃ」


そういやさっきの話でもドラゴンさんを虐待してたよね!?

何故かドラゴンさんに対する扱いが酷いような気がするんだけど！

「で、でも、御伽噺《おとぎばなし》の中では吸血鬼さんは最後は火あぶりにみたいな話もあるじゃん？」

「それは遥か昔、人間と吸血鬼が争っていた時代の御伽噺じゃろ？　敵を悪者として描くのは至極当然じゃ。まあ、しかし悪趣味な話じゃの。人間であれ吸血鬼であれ、例えそれが罪人であろうと火あぶりなどという残虐な刑は我は好かん。そう――」

と、そこでイヴァンナちゃんは押し黙った。

そして大きく大きく息を吸い込んで断言したんだ。


「――焼いて良いのはドラゴンだけじゃ」


だからどうしてドラゴンさんにそんな憎しみを抱いているのっ⁉

と、殺意の宿るイヴァンナちゃんの瞳に私は戦慄を覚える。

「と、まあ、我のできるアドバイスはここまでじゃ」

話はおしまいとばかりにイヴァンナちゃんは立ち上がった。

「我は過去に転生者には面倒を受けておってな……実はマリサに手を貸すのもそれが理由じゃ。あのような連中は覚醒させせんほうが良い。それじゃあ、用件も伝えたし、我はこれで去ろうかの」

そうして、踵《きびす》を返してその場から去ろうとした時、イヴァンナちゃんはこちらに振り向いて――

「時にマリサ――このクッキーはどこで売っておる？」

「え？　クッキー？」

「いや……美味かったのでな。我はデイウォーカーでもある故、曇りの日や夕暮れに人間の街をブラつくことがあるが……定番のブラつきコースにこれを売っておる店を入れたいのじゃ」

ああ、ヤケにバクバク食べてたもんね。

本当に……本当にバクバク食べてたもんね。と、私は残り五枚となった命の残弾……クッキーに向けて哀愁の視線を送る。

「売ってないよ、これは自作だから」

と、そこで驚いたという風にイヴァンナちゃんはポカンと口を大きく開いた。

「え？　どうしたの？」

「いや、どう考えても料理とかできなさそうな感じじゃったから……まあ、それなら仕方ないか。売っておらんのならば、口惜しいが諦めようぞ」

そして、イヴァンナちゃんはしばらく何かを考えてから「じゃあの」と後ろ手を振りながら歩き始めて、やがて見えなくなったのだった。

chapter 2

いざ、魔法学院へ！

と、そんなこんなで私たちは二週間の山籠もりを終えて、街のギルドに戻ってきた。

真紅の宝珠《スカーレットオブノスフェラトゥ》とか、もう一人の頭の中の転生者とかについては一旦保留だね。

私の精神が乗っ取られるまで、まだ一年以上もあるし、今のところ手掛かりもないしね。

この辺りは今後考えていかなくちゃいけないんだけど――。

で、ギルドへの道すがらお昼ごはんに屋台通りに寄ったんだけど……パンも串焼きも物凄《ものすご》く高かったんだよね。

実は今回のオーク退治は魔物の討伐というよりも、食糧問題の緩和という意味合いが強い。

今年は凶作で小麦の収穫がダメダメなところに、お国の事情がゴタゴタしている関係で一部派閥の領主たちが増税してるって話なんだよねー。

クーデターとかも、まことしやかにささやかれてる感じなので、軍備増強って話なんだろうけど……まあ、この街は庶民に優しい領主様で良かったよ。

で、はむはむとパンに串焼きを挟んだサンドイッチを食べ終えたところで、ギルドについた訳なんだけど――。

「どうしてギルド長が受付に？」

「お前は何をやらかすか分からんからな。オークの討伐依頼で古代龍を狩ってきたとしても、俺は驚かん」

真顔で回答されてしまった。

「いや、ドラゴンさんには知り合いもいますし……揉めごとが起きても話し合いになると思うので。そんないつもいつも私が何かをやらかすと思われても困りますよ」

「ドラゴンはアレにしても、オークを千体狩ってきたとか言い出しかねんからな……お前は」

「いやいや、いくらなんでも千体は無理ですよ」

「はは、少し安心した。ちなみに千体ってのはこのギルドのオーク討伐遠征の歴代記録でな……ま、とりあえず狩ってきたオークを見せてみろ」

と、私はアイテムボックスを取り出した。

そしてギルドの受付カウンターに、とりあえずオークを五十体並べて積み上げてみた。

「これ以上はカウンターじゃ無理ですね」

「まあ、これくらいは想定内だ。で、何匹狩ってきたんだ？」

「一日三百体目途でやってたのでそれで二週間で十四日……正確には数えてませんがオーク四千二百体くらいですね」

「おいコラちょっと待て」

「え？」

ギルド長さんは頭を抱えてため息をついた。

「今さっき、俺は千体以下だと聞いたんだが？」

「だから一日に狩ったのは千体以下……」

「本当にお前って奴は……俺の常識をことごとく超えていくな」

と、そこで受付カウンターのこっち側の後ろの方――依頼募集掲示板の方からざわざわと声が聞こえてきた。

「すげえ……今の話を聞いたか？　これってここら一帯の食糧問題が解決したんじゃねえか？」

「食料を高値で売ろうとして、買い占めをやってた商人連中は涙目だな」

「しかし……何て奴だ」

「やっぱマリサちゃんは半端ねえな」

「バカお前、ああなったらもう……マリサちゃんじゃなくてマリサ姉さんだよ」

「っていうか四千体の討伐とか聞いたことねえぞ、オークスレイヤーかよ」

「いや、オークジェノサイダーだ」

え？　え？　え？

私……ジェノサイダーとか不吉な二つ名で呼ばれようとしているよっ!?

「いいや違う！　あんなに可愛い顔をしてるんだから……マーダードールだぜ」

あ、ドール？　お人形さん？

うん、何か可愛い響きだね！　それ気にいったよ！　オークジェノサイダーよりもそっちがいいな！

と、私がニヤリとしたところでフー君が耳元でこう囁《ささや》いてきた。

「マリサよ、それは殺戮《さつりく》人形という意味じゃぞ」

「ええぇ！　それはイヤだよ！」

くっそ……。

食糧問題もあったし今回は頑張っちゃったんだよねー。

ま、乙女的にはちょっとノーサンキューな反応だけど、これは仕方がないということで。

「まあ、ギルドとしては助かるんだが……ところで、今日は依頼の報酬以外にプレゼントがあるんだ」

「プレゼント？」

と、そこで受付カウンターの上に、巨大な骨が二本置かれたんだよね。

「これは？」

「フェンリルとベヒーモスのオヤツだ」

「オヤツ？」

服のお腹のところからヒメちゃんが出てきて、尻尾をふりふりさせながら「おいしそーなにおいー」と、猛烈な勢いで骨に飛びついていく。

「まりさー！　おいしいー！　おいしーよー！」

ギルド長さんはニコニコ笑顔で「美味いか？」と、ヒメちゃんの頭をポンポンと叩いて、満足そうに頷いた。

っていうか、ギルド長さんって普段は強面《こわもて》なんだけど……こんな優しい顔もできるんだね。

「いつもお前等《ら》には世話になってるからな。昔のツテで帝都の……皇族御用達のペット用品店から最高級の骨を取り寄せたんだ」

と、そこで今にも骨に飛びかかろうとしていたフー君だったけど、その動きをピタリと止めた。

「――我はそのようなものは食わぬ」

「え？　どうしてフー君？」

「ペット用品店から取り寄せたじゃと？　馬鹿にするでない、我は犬猫ではなく――魔獣の王ぞ？　時にヒメ？　美味いか？」

「ふぇんりるおいたんーとってもおいしーよー」

「そうか、美味いか。じゃが、子供の時は良いが、成長してからはダメじゃぞ？　ヒメは神獣じゃからな、教育係としては誇り高い立派な神獣に育ってもらわねば困るのじゃ」

うん、口調と……言ってる内容からは、断固とした誇りと威厳を感じるよ。

そう、絶対にペット用の骨なんか食べるもんかって、そんな熱い決意を感じるよ！

でも、フー君の尻尾がフリフリと――微かに揺れていることを私は見逃さない。

プイっとそっぽを向いているけど、ヒメちゃんが食べてないほうの骨をチラ見しているのも……私は見逃さない。

けれど――と私は思う。

今はヒメちゃんがいるんだ。


――本当は飛びついて今すぐにでも骨にむしゃぶりつきたい。

でも、フー君の中での譲れないプライド、自分の背中を見せてヒメちゃんを育てるという……兄貴分としての堅い意思があるんだよね。

そうだよね。フー君？

フー君は獣の本能なんかに負けないよね。だって誇り高い魔獣の王だもんね。

私は本能に打ち勝つフー君のそのプライドに、すっごい尊さを感じるよ！

「おいしーよー。おいたんもたべよー」

「うむ、食べよう！　そこまで言うなら食べてみようか！　ワン！　ワンワンっ！」

ま、ま、負けたあああ！

あっさり負けたあああ！　別にそこまで言われてないのにあっさり陥落しちゃったよ！

そうしてフー君は骨にかじりつき、「ハっ、ハっ、ハっ！」と、獣っぽさ全開で鼻息荒く――ひとしきり骨にむしゃぶりついたところで、私とギルド長さんのニヤニヤした視線を受けていることに気づいたらしい。

「むう……むぐぐ……」

物凄く恥ずかしそうなので、ここらでニヤニヤはやめておこうか。

と、それはさておき――

「ところでシャーロットちゃんたちはどうしたんですか？」

魔法学院の試験期間も終わって、そろそろ試験結果も出てる頃だからね。

私の問いかけに、ギルド長さんは苦虫を噛みつぶしたような表情を作った。

「……実は二人とも試験の結果――退学になりそうなんだ」

「ど、どういうことなんですか⁉」

「ちょっと……俺の部屋に来てくれるか？　大惨事なんだ……」

で、ギルド長の部屋に案内されたんだけど……。

「試験が全部……赤点？」

既に部屋の中ではシャーロットちゃんとルイーズさんが缶詰め状態になっていた。

で、状況としてはテーブルの上で本を開いての勉強会という感じなのかな？

「ああ、つまりはそういうことだ」

「でもシャーロットちゃんは薬屋さんを目指してて……真面目に勉強してるんですよね？」

ギルド長さんへの問いかけだったんだけど、シャーロットちゃんが涙目になって答えてきた。

「私、頑張ったんです！」

「うん、そりゃあそうだよね」

どうしても薬屋さんになりたいからって、錬金術系統の技術を修めるために魔法学院に通ってる訳だし。

それに、冒険者ギルドと魔法学院の両立っていうギルド長さんとの約束を守って、ギルドの依頼の野営の時とか寝る前に予習復習してるのも私は知ってるもんね。

「そうなんです、試験前も毎日猛勉強してたんです！」

「シャーロットちゃんは夢に向かって頑張ってる系の子だもんね。勉強をサボったりしないのは知ってるよ」

うんうんとシャーロットちゃんは頷いて、そして気まずそうな感じで「実は」と切り出してきた。

「あのねマリサさん。薄々とは気づいていると思うんですが、私――」

シャーロットちゃんは押し黙った。

そして大きく大きく息を吸い込んで、てへっとばかりに舌を出してこう言った。


「――お馬鹿さんなんです」


ですよねー。

うん、薄々じゃなくて気づいてたよ。っていうか、前々からそんな気はしてたんだ。

「まあ、類は友を呼ぶという、ことわざもあることじゃしな」

「うん、そうだよね……って、私もお馬鹿さん前提なの!?」

と、フー君は一旦置いといて。

でも……頑張った結果の赤点ならどうしようもないよね。

「じゃ、じゃあルイーズさんは?」

と、そこでギルド長さんは不思議そうにアゴに手をやった。

「ルイーズの勉強もシャーロットのついでに見てやってるんだが……正直、完璧だ。何なら魔法大学院とかでも通用するレベルだと思うぞ?」

ああ、そういえばルイーズさんは奇術さえ除けば天才っていう話だったね。

「じゃあ、どうして？」

と、私とギルド長さんの視線を受けて、ルイーズさんは「やれやれ」とばかりに肩をすくめた。

「――単純な話ですわ。私《わたくし》はアルバイトに忙しくて出席日数が足りませんでしたの」

「アルバイト？」

と、私の問いかけにルイーズさんは一瞬だけシャーロットちゃんに視線を動かし、そして直後――

明らかに目が泳いだ。

「ああ、いや、アルバイトじゃなく……アルフォード……そうですわ！　アルフォード公爵家との交流で忙しくて、毎日毎日鷹狩りやお茶会などに興じ、それはもう忙しかったのですわ！」

「……なるほど」

まあ、伯爵家って話だもんね。

上位のお貴族様となれば、色々とあるんだろう。

「でも、魔法学院には他のお貴族様もいるんじゃないのかな？　その人たちの出席日数は？」

「ふー、これだから下々の者は……貴族にはいろいろとありまして、個々の家庭の事情というものがあるのです」

「まあ、家庭の事情なら仕方ないね！」

「はい！　仕方ないのですわ！」

パアっと花が咲いた表情のルイーズさん。

なんだか良くわからないけどハイタッチを求めてきたので、私も満面の笑みでハイタッチを返しておいた。

「でも、それじゃあ二人とも……ヤバいんじゃないの？」

「はい。ヤバいんです……退学なんです……」

シュンとしてしまったシャーロットちゃんに、ギルド長が渋い表情を作った。

「それでなマリサ、言いにくいことなんだが……お前、ちょっと魔法学院に顔を出してくれないか？」

「え？　私が魔法学院にですか？」

「シャーロットは学術試験がまったくダメ、で、ルイーズは出席日数が足りないって話だ。これはこれで退学も仕方ないんだが……でも、この二人には……他の学生にできないことができるだろ？」

しばし私は考えて「ああ」と掌をポンと叩いた。

「冒険者ってことですか？」

「ああ、そういうことだ。魔法学院には一芸制度の特待枠もあってな、例えば、王宮楽団なんかに在籍している生徒は技能特例で……王宮勤めをもって出席日数や試験に代えたりもできる訳だ」

「ふむふむ」

「つまり、冒険者技能を一芸だと認めさせれば良い訳だな」

「でも、お金持ちでない苦学生の場合はギルド登録して……アルバイトでお金を稼いでいる生徒もいる訳でしょう？」

「いや、お前らは既に学生レベルじゃねえよ。パーティーとしてのランクは既にいっぱしのベテラン級のCランクだし、個々人の技能も実績不足で認定はされていないがAランク相当だ。俺がシャーロットを贔屓《ひいき》してる訳じゃなく、ギルドマスターとして普通に学院に推薦状を書くこともできるレベルなんだぜ？」

「え!?　パーティーとしてCランクって……いつの間に!?」

「……お前がオークを四千二百匹を納品したつい、さっきだ。ギルドの規定上、納品数を評価すると……そういうことになる。それに、これはお前のためでもあるんだよ」

「私のため？」

「未だに覚醒者としてのお前が、侯爵家に狙われているのは変わりがないんだよ」

と、ギルド長さんはフー君に視線を送り、やれやれと肩をすくめた。

「まあ、そこのフェンリルの提案でお前の身を隠すってことで……山籠もりの依頼をした訳でな。その間にフェンリルの思惑通り、お前は何か掴んだようだが」

「ありゃ、修行は前世さんの思惑かと思ってたんだけど、実はフー君の差し金だったの？」

「うむ。前世殿が一肌脱いだので任せたが、元々は我がマリサに基本的な戦闘方法を叩き込む予定ではあったな」

ふーん、なんだかんだでみんな優しいじゃん。こうなってくると感謝しかないよね。

「で、それがどうして私の安全につながるんですか？」

「実は冒険者ギルドのド新人と、魔法学院の生徒との合同研修があってな」

「合同研修ですか？」

「ああ」とギルド長さんは頷いて、ソファーのシャーロットちゃんの隣に座り、紅茶のカップを手に取った。

ちなみにそれはギルド長さんが親馬鹿過ぎて作らせた、シャーロットちゃんの顔が描かれたティーカップだった。

何度かギルド長の部屋に入っている関係上……慣れというものは怖いもので、部屋に埋め尽くされたシャーロットちゃんグッズがいつの間にか気にならなくなってしまっている。

で、本当に意味が分からないんだけど、ルイーズさんはシャーロットちゃんグッズを眺めながら……何だかソワソワしてるんだよね。

あ、カバンにシャーロットちゃんが描かれたペンをコソっと入れたけど……見間違いだよね？　と、それはさておき――

「それで……だ。この研修は就職斡旋の意味合いもある」

「就職斡旋？」

「退学が決定した生徒は通常クラスから分離されて、合同研修班に編入されるんだ」

そうしてギルド長は立ち上がり、並んで座るシャーロットちゃんとルイーズさんの肩をポンと両手で叩いた。

「――つまり、こいつ等も受けることになっている訳だ」

「ええと、要はダメダメな生徒に対してのギルドの職場体験ってことですか？」

「ああ、そういうことだな。ダメダメ生徒を、ダメダメだから魔法学院を退学になって、その後は魔法学院ではダメダメと思われている職業の冒険者としてやっていけと……まあ、そういうダメダメ待遇ということだ」

「あんまりダメダメ言わないでお父さん！」

「俺としては冒険者ギルド一本でやってもらうほうがいいからな」

と、悪戯っぽくギルド長さんは笑った。

「ところで、ギルドが魔法学院の人にダメダメと思われているってどういうことなんでしょう？」

その質問にはギルド長さんじゃなくて、シャーロットちゃんが答えてくれた。

「えーっと……魔法学院の卒業後の進路は、家を継がない立場の貴族であれば宮廷魔導士とか、宮廷警護とか……。平民出身でも大貴族のお坊ちゃんお嬢様の家庭教師とか……。まあ、煌《きら》びやかな世界が多いんです。平民の落ちこぼれは、街の錬金術師とかお薬屋さんっていうところでしょうか。それで、冒険者ギルドに進路を決めるなんて、よほどの変わり者の中の、変わり者なんです」

「まあ、ギルドの仕事は泥臭いもんね。でも、ギルドにも魔法職の人もいるんじゃん？」

「あの人たちは街の魔法教室とかで勉強した人ですね。座学とか研究は排除しての、完全実践派なんです。それ以外の魔法学院出身者も少数いるんですけれど、それは言いにくいことなんですが――」

「本当にどうしようもない落ちこぼれだけってこと？」

「そういうことなんです。貧しい平民出身で……魔法使いでどうしても生計を立てたい人、そういう人のために冒険者ギルドが職業斡旋もかねて、今回みたいな合同研修を開催しているんですよね」

そこでギルド長さんはニカリと笑った。

「まあ、俺が一筆書いてやるよ。マリサをギルド代表ってことにするから、お前はとりあえずやらかしてくれればいい」

「やらかせばいい？」

「ああ、いつも通りに無茶苦茶してこい。そうすれば魔法学院の教職員も目を白黒させて、暁の銀翼のメンバーでもあるシャーロットやルイーズのことを認めるだろうよ。少なくとも一芸には秀でているってな」

「なるほどー。まあ、何となくの事情は分かりました」

「で、お前についてだが、合同研修は一か月の研修となっていてな、期間中は魔法学院の寮に泊まることになるだろう。魔法学院との相互研修ってことになるから、基本はあっちの授業も体験してもらうことになる。冒険者ギルドは討伐依頼や迷宮攻略なんかの危険な研修を、短い期間で受け持つって感じだ」

「分かりました。全然いいんですけど、でも……私が魔法学院の寮ですか？」

「平民のシャーロットと同部屋ってことになると思うが……これもお前の安全のためになるんだ」

「安全……ですか？」

「冒険者ギルドは何だかんだいっても平民の組織だ。が、魔法学院は違う――基本は貴族子弟の通う学校だ。もしも侯爵なりがお前を狙ってくるにしても、相当にやりづらくなるだろうさ」

「なるほどー」

「まあ、気休め程度だろうがな。で、俺はその間に国のゴタゴタを……多少なりとも対処する方向で動いてみるさ」

「田舎のギルド長程度にできることは限られてるけどな」と付け加えて、ギルド長さんは肩をすくめる。

うん、難しいことは良くわかんないけど、確か王弟派とか現国王派とかでこの国は色々と大変なことになってたんだよね。

と、それはさておき、合同研修かぁ……うーん、どうしようかな。

でも、シャーロットちゃんたちと一緒に学校に行くってのは良さそうだよね。

寮でパジャマパーティーとか、一緒にみんなで夜中にコッソリお菓子を食べたりとか……。

お、何か楽しそうな予感がしてきたよ！

お姉ちゃんとお父さんに裏切られて、もう無理だと思っていた私にも人並みの幸せ――学生ライフができそうじゃん！

「やります！　私……頑張ります！」

「ああ、ただ……言うまでもないが施設破壊とかは禁止だ。とりあえず軽くビビらせる程度でやめておけな」

「えー。私が施設破壊とか、そんなことをすると思います？　ギルド長さんも酷いですよ」

そして――。

おどけた感じの私に、ギルド長さんは真顔で「思う」と言ったのだった。

◆

魔法学院の運動場。

グラウンドのこっち側に並んでいるのは、私と新米冒険者さんたちの合計五人だ。

それで魔法学院側の出迎えが向こうにいる訳なんだけど――。

シャーロットちゃんとルイーズさんはどっち側なのか気になっていたんだけど……結局、こっちに来て私の後ろに立つ感じに収まった。

ちなみに、今回の研修の冒険者ギルドの利点としては、魔法の基本的な成り立ちや理論、そしてこがメインなんだけど魔法攻撃を受けた時の対処法なんかを一か月で研修するってコトだね。

んでもって、魔法学院としては討伐やダンジョン攻略の実施研修で冒険者ギルドのお仕事のイロハに生徒たちに接してもらうという感じだ。

「ほう、貴女がギルド代表……ですか？　これはこれは可愛らしい……いや、可愛らしいは失礼でしたかね」

いや、問題ないです。どんどん可愛いって言ってもらってオッケーです。

と、それはともかく、何かめっちゃアウェイな感じだね。

向こうは教職員っぽい人が二人に、生徒が十人くらいかな。

敵意の視線を向ける人や、蒼白になって頭を抱える人もいる感じだし……。

明らかに私たちを馬鹿にするような視線を向けてる人もいるよね。

「あの……マリサちゃん？」

「どったのシャーロットちゃん？」

「あの、えと……実は私に友達がいない……嫌われていた理由には、ギルド長の娘っていうのも多分あると思うんです」

あー、そういえばギルドは魔法学院では下に見られてるんだっけ。

落ちこぼれが辿り着く廃棄物処理場みたいなノリで見られてるんだよね。

うん、まあアウェイってことは分かったよ。

と、その時、魔法学院側の学生さん――見るからにムキムキマッチョの男の人が私を睨みつけてきた。

「俺はブラッドフォード……魔法剣士だ」

「あ、初めまして」

そこでブラッドフォードさんは、舌打ちと共に吐き捨てるようにこう言った。

「俺は近接職だ。座学の試験結果だけで問答無用でギルド行きっていうこの扱いはねえだろ？　おい、先生！　この学校には一芸制度があったはずだ。このギルド代表を模擬戦か何かで倒せば、俺の退学は取り消してくれるって訳にはいかないのか？」

お？　これは……ひょっとして、ブラッドフォードさんも私たちと似たような感じでの退学回避を考えてるってことなのかな？

「なあ先生、過去にもギルド合同研修期間中に偉業を残し、退学取り消しの例はあったはずだ。無茶な要求ってことでもないと思うんだが？」

言葉を受けた魔法学院の先生はしばし何やら考えて、ため息をついた。

ちなみにこの人、見た目的には眼鏡の優しそうな先生だね。

「確かに、ブラッドフォード学生の言う通りに復学の先例もあります。まあ、研修成績の大幅加点の対象にはしましょうか」

「へへ、こいつはラッキーだ。まさかこんなちっこいのを倒すだけで加点なんてよ」

む？　小さいとは失礼だね！　と、私はプクリと頬を膨らませる。

と、その時、私の背後——ギルドの新米冒険者たちから熱烈な声援が聞こえてきた。

「マリサ姉さん！　やっちゃってください！」

え!?　この前言われてた、姉さん扱いってのは本当にそういうことになってたの!?

「さあ、オークジェノサイダーの力を見せちゃってください！」

ええぇ！

ど、ど、どうやら――嫌な二つ名が定着してしまっているみたいだよ！

「マーダードールの力を見せてやりましょう！」

殺戮人形！

それだけはやめて！　百歩譲って一時のブームでそう呼ぶのはいいけど、定着させるのだけは本当にやめてー！

だって、だって、だってだよ？

遠い遠い将来、私だって女の子だし、やっぱり結婚とかもある訳だよ？

で、結婚式で新婦紹介とかも当然あるよね？　それでその場で司会の人が――

――こうして十四歳となった新婦は素手でオーク四千二百体を殺害し、冒険者ギルドで殺戮人形《マーダードール》との異名を持つことになったのです。

いや、本当に嫌！

それだけは絶対に無理！　お願いだからその二つ名を定着させるのだけはやめて！

と、まあ、それはさておき。

えーっと。何だか良く分からないけれど、模擬戦をする流れになっちゃってるね。

そんな感じで困惑してる私に、魔法学院の先生が声をかけてきた。

「どうしますかギルド代表のマリサさん？　最初に交流戦ということで……力の差を見せつけた方がやりやすいと思うのですが？　私としてはやっておいた方が良いかと思います」

「あ、そういうものなんですか？」

「ええ、普通はギルド代表と言えば屈強な男がやってきて、その威圧で生徒たちを黙らせるんですよ。申し訳ない話、生徒たちは冒険者ギルドを下に見ているところがあるのでね」

「そうみたい……ですね」

「私も正直……失礼ですがマリサさんの姿を見て「大丈夫か？」と思っている部分はあります。この研修は生徒たちに冒険者ギルドに対する認識を改めてもらうという意図もあるのです。生半可な覚悟でギルドに入ると命を落とすことになりますしね」

ああ、そういえば私も受付嬢さんにギルドに入るのは滅茶苦茶止められたよね。

家出少女の思い付きみたいな感じなら絶対にやめておけって。

冷静に魔法学院側の生徒の顔を見ると……うーん。何かみんな私を見てニヤニヤしてるね。

嘲笑というか侮蔑というか、ああ、これはやっぱ完全に馬鹿にされてる感じだね。

確かに、これは良くない。

先生の言う通り、私の見た目のせいで冒険者ギルドを舐めちゃって、依頼で命を落とすというのも忍びないしね。

「分かりました。それじゃあこの場で模擬戦をしましょうか。ただし、条件があります」

「条件？」

「この研修で実力を示した生徒には、退学を撤回すると約束してください。座学だけでは見られない力もちゃんと評価してあげてほしいんです」

「ふむ……？　どうしてそういうことを言うか分かりませんが、まあいいでしょう」

よし、言質《げんち》は取ったよ。

ルイーズさんはお嬢様ということで何となく魔法学院に籍を置いているだけっぽいけど、シャーロットちゃんには夢があるもんね。

制度上、一芸が認められるならちゃんと評価してあげてほしいのは私の願いでもある。

そうして私は目の前の魔法剣士：ブラッドフォードさんに向けてペコリと頭を下げた。

「それではよろしくお願いします」

「はは、どうだ！　反撃すらできまい！」

ってことで、あれから相互に模擬剣と防具を渡されて、模擬戦が始まった訳だ。

ブラッドフォードさんの剣はシャーロットちゃんと比べると格段に遅くて……何ていうか雑な感じがする。

滅多やたらに剣を振り回しているだけで、足運びが上半身の動きと噛み合ってないような……。

それは良しとして、私としては剣をどう使っていいか分からない。

なので、とりあえず様子見で攻撃をよけ続けてるって感じだね。

「ふふ、ははは っ！　入学試験で剣術特待生枠の二次試験を通過した、この俺の渾身の一撃——よけられるものならよけてみろ！」

いや、凄いのか凄くないのか良く分からないよねそれ。

で、ブラッドフォードさんの上段打ち下ろしをサイドステップで躱《かわ》したところで、私たちは睨みあいの状態となった。


***

「……」

「……少しはやるようだな」

その時、ブラッドフォードさんのお腹辺りに闘気が集中したんだよね。

「流石はギルド代表だ。逃げ回る力だけは認めてやる」

そうしてブラッドフォードさんはニヤリと笑って、お腹に集中させていた闘気を全身に駆け巡らせた。

闘気の流れからして、どうにも身体能力強化の応用で……何か技を出す気だね。

「剣技：無双三連撃！」

繰り出されるは——そのままの意味で三連撃だ。

さっきよりはちょっと速いけど……どの辺が無双なんだろうか？

ってことで、そろそろ反撃に移りますか。


——神域強化っ！


全速力で動いて、瞬時にブラッドフォードさんの背後を取った。

「ど、ど、どこに消えた？」

「後ろですよ」

私の声で振り返り、ブラッドフォードさんは口をあんぐりと開いて——。

「な───っ⁉」

「戦う時には、あんまり口は開かない方がいいと思います」

まあ、実際問題として、全速力で動く必要はなかったんだ。

けれど今、私は華麗なる作戦を実行中なのだ。それはつまり───


───秘技！　どうせ色々既に悪目立ちしているんだから、早すぎる一撃で決めたら私が強いのは強いけど、一体全体どこまで強いか良く分からなくなる作戦！


ふふふ、どうよ！

これならとりあえず私は何となく「かなり強い人」くらいの感じで収まらない？

そして私は模擬剣をその場に捨てて、掌を広げて振りかぶる。

ってことで、せーの！　掌底打ちっ！

カスっと気の抜けた音と共にアゴに直撃する。

そのままドサリと、ブラッドフォードさんは糸の切れたマリオネットのようにその場に倒れた。

まあ、私が言った通りに口を閉じないから……打撃受けたら脳震盪《のうしんとう》間違いなしだよね。

で、地面に横たわってピクピクとしてるブラッドフォードさんの姿を見て、私の背後からギルドの面々の声が聞こえてきた。

「すげえ……アレがオークジェノサイダーか」

だからその二つ名はやめてって！

と、私が狼狽していると魔法学院の生徒の一人……眼鏡の少年がこちらにやってきた。

「ブラッドフォードを倒すとは……なるほど、流石はギルド代表だ。まあ、貴女が強いのは良く分かりましたよ」

お、どうやら秘儀が功を奏して……やっぱりドン引かれない程度の感じには収まってるみたいだよ！

「ブラッドフォードの失敗は明らかなのです。そもそも、魔法剣士とは言え、あくまでも魔法使いである私たちがギルドの本職に近接戦闘では勝てる訳がないのですよ。と、いうことで私も貴女に勝負を申し込みます」

生徒はクイっと眼鏡の腹を人差し指で押した。

「勝負？　ど、どういうことなんでしょうか？」

「召喚術勝負ですよ」

「召喚術勝負？　魔法ではなく？」

眼鏡君はニヤリと笑ってこう言った。

「ええ、召喚術ですよ。召喚術とは繊細な魔法陣を描く必要がある訳です。無論、研究と理論の要素が大きい訳で、何となく町の道場なりで習っただけで使えるようになる……荒くれ者の冒険者が扱う実践特化の魔法とは違う、高度な魔術です」

「えーっと……それって趣旨が違ってきてません？　私は冒険者ギルドの代表としての力を見せるっていう感じですし」

「貴女は冒険者ギルドの実践の力を示した。ならば私は研究と理論――智慧《ちえ》の結晶の力を示しましょうということですよ！」

やっぱり趣旨が違う気はする。

まあ、要はめっちゃ負けず嫌いってことなのかな？

「それに、貴女もまがりにも魔獣使いであれば召喚の一つや二つはできるでしょう？」

と、眼鏡の生徒は私の肩の上に乗っていたフー君を指さした。

「え？　そういうもんなのフー君？」

「うむ。魔獣使いというのは……最初は扱いやすい獣タイプの精霊を使役するのじゃ。そういうので慣れてから、魔獣を本格的に使役していく――と、そういうのが魔物使いという職業じゃな」

「ふむふむ」

「補足しておくと、獣タイプの精霊は魔獣の魂と酷似しておっての。精霊を扱いながら、魔獣の魂の構造を理解し、精霊を相手に実際の魔獣の魅了や洗脳などに慣れ親しんでいく訳じゃ」

「魅了？　洗脳？」

「うむ。人間に好き好んで付き従う魔獣なぞ、あんまりおらんからの……悲しいことじゃが、無理やりに従わせるのが常なのじゃ」

「でも、私はフー君を洗脳とかしてないよ？」

「いや、我はマリサが気に入って付き従っておるだけじゃからの？」

「ふふ、嬉しいこと言ってくれるじゃん」

フー君の首の付け根をもふもふきゅっきゅっと掴んでマッサージすると、気持ちよさそうに尻尾がゆさり、ゆさりと揺れる。

ふふ、やっぱフー君好きだわーとか思っていると、眼鏡君が声をかけてきた。

「で、どうするのです？　召喚勝負を受けるのですか？　受けないのですか？」

「あ、ちょっと審議しますので」

「審議？」

前世さん前世さん？　私に召喚とか、そんな特殊能力はあったりする？


——ないバブ！


ですよねー。この前の山籠もりで、できることとできないことは一通り教えてもらったもんねー。

ええと、どうしようかな。

とりあえず私の目的はシャーロットちゃんとルイーズちゃんの一芸を魔法学院に認めさせることだ

よね。

そのためにはまず、私たちが属する冒険者パーティーの暁の銀翼が、ひいては、私が凄いと……この人たちに認めさせる必要があるよね。

だったら、ここで魔法学院の生徒からの挑戦を断っては不味いんじゃないんでしょうか？

でも、召喚勝負で負けるともっと不味いよね。あー、どうしよう。八方塞がりだよ！

――でも、マリサなら召喚ができる可能性があるバブ。

っていうと？

――魔力総量が規格外。召喚魔法は魔力総量がモノを言う場合もあるバブ。

つまり？

――何となくあの眼鏡君のやってることを真似したら、何とかなっちゃう可能性もあるバブ。

なるほど。

と、そういうことならここは乗っておこうかな。

「分かりました。受けて立ちましょう！」

「それでは私から召喚をしましょうかね。ふふ、驚かないでくださいね？　冒険者ギルドでは――このような智慧の結晶である……真の魔法を見ることは珍しいでしょうから！」

おお、魔力が発動して、突然地面に五芒星の魔法陣が出てきたよ！

そして何ていうかこう、グワーって感じで炎が魔法陣の線に沿って走ったよ！

「さあ、我が前に姿を現し、敵を薙ぎ払え――火竜！」

すると、魔法陣の中央に小さくて可愛らしいサラマンダーが現れた。

で、眼鏡の生徒は懐からペンを取り出して、空中に投げた。

続けざま、サラマンダーは炎の球を吐き出して……あわわ、ペンを黒焦げにしちゃったよ！

「ふふ、これが本物の召喚術――精霊：サラマンダーの召喚です」

ドヤ顔の眼鏡の生徒に向けて、私は大きく頷いた。

よし、今のを真似すればいいのか！

と、私はさっき捨てた模擬剣を拾って、見よう見まねで眼鏡の生徒が作った魔法陣を地面に描き始めた。

「ははは、魔力行使による魔法陣も描けないのですか？」

「ま、まあ……専門ではありませんので」

ああ、これは呆れたとばかりに眼鏡君は苦笑しちゃってるよ。

ってか、本当に大丈夫なのかな？

前世さんも可能性があるとしか言ってないし、ここで失敗しちゃったら色々と面倒なんだけどなあ……。

勝負を受けたのは失敗だったかな？　まあ、とりあえず全力を尽くして頑張ってみるよ！

そうして魔法陣を描き終えた私は、全身の魔力をお腹——丹田に込める。

この辺りは闘気運用と大体同じなので、まあ何とかなる。

そのまま丹田に込めた魔力を地面に、そして魔法陣に向けて流し込む。

「さあ、我が前に姿を現し、敵を薙ぎ払え——！」

魔力運用も大体同じ感じだし、結構サマになってるんじゃないかな？

そうして私は期待と共に魔法陣の中央に視線を送る。

っていうのも実は火精霊のサラマンダーちゃんってば、めっちゃ可愛いかったんだよね。

これはもうヒメちゃん以来の新メンバーの予感がするほどの可愛さで……私としても是非とも召喚に成功しておきたいところだ。

「はは、ははは！　何も起きませんよ？」

「あ……そうみたいですね」

ですよねー。

やったことないのに見よう見まねでそんなこと……と、思っていたその時。

「え？」

何か、急に暗くなった。

いや、違う。

私たちの周囲の地面だけが局所的に暗くなったんだ。

「これは……」

そう、これは……地面に落ちている私の影が……どんどん大きくなっているんだ。

やがて、地面に常闇とでも言うべき漆黒の円が描かれる。

で、その中央にあるのはさっき私が描いた魔法陣で……。

そして、ヌルリ――。

魔法陣の中から青白い手が伸びてきた。

はたして、魔法陣から出てきたのは――やたらとフリルのついた豪奢な衣装で着飾った、肌の白い……私よりも二、三歳くらい年下の見た目の女の子だった。

「――我は真祖。先鋭にして至高。始まりにして究極の鬼を父に持つ……吸血の姫也」

威厳たっぷりの声色に、私とフー君とヒメちゃん以外の全員が息をのむ。

そして眼鏡の生徒といえば――。

「真祖の……吸血鬼？」

って、何でこんなところにイヴァンナちゃんが!?

「わ、わ……あわわ……」

「ひい、真祖の……それも吸血鬼だと……?」

「だ、だ、誰か王都に走れ……っ！　あれが害意を持っているのならば……国家レベルで対処する事態だぞこれは！」

うわあ……。

何かみんなてんやわんやになっちゃってるみたいだね。

と、そこでイヴァンナちゃんは私のところまで歩いてきたんだ。

「イヴァンナちゃん？　ど、どうしてここに？」

問いかけを受けて、イヴァンナちゃんは小首を傾げた。

「いや、呼ばれたみたいなのでな。しかし、この規模のクラスの召喚術式で……宛先不明なのも前代未聞じゃ」

あ、やっぱり私が呼んだんだね。でも、宛先不明ってどういうことだろう?

「それでの、我に限らず、どのような亜人も魔物も……こんな薄気味悪い極大の呼び声は普通は無視するじゃろうが……お主の魔力と分かったので興が乗ったのじゃ。クッキー食べたかったしな」

ああ、納得したよ。

この前、妙にクッキーにハマってバクバク食べてたもんね。

「で、薙ぎ払う……じゃったかの？　なれば、命の反応のないあの建物で良いか？」

そうしてイヴァンナちゃんは、今は使われていない魔法学院の廃校舎の方に視線を向けた。

そして、大きく大きくスウっと息を吸って、あ、これは不味い。ひょっとしてと思っていると——


——何か黒いレーザー光線みたいなのが校舎に向けて吐き出された。


ドゴゴゴゴゴー。

終末を告げるラッパのような重低音が鳴り響く。

えーっと、つまり……物理攻撃力すら伴った……吸血姫の暗黒闘気のブレスに、廃校舎は一撃で焼き焦げ、吹き飛んだってことだね。

パラパラパラ。

建物の破片やら何やらがそこらに舞い散る中、私はああ……と頭を抱える。

と、いうのも私はギルドマスターさんに言われていたのだ。


——つまりは、校舎は壊すな……と。

あ、でもやったの私じゃなくてイヴァンナちゃんだから……ギリギリセーフみたいな感じになんないかな？　と、全壊した校舎を見て――

――いや、なんないだろうね。

と、私は深くため息をついたのだった。

◆

と、まあそんなこんなでイヴァンナちゃんだ。

当然、その目立ちすぎる肩書と行動は……みんなの視線を一斉に受ける訳で。

「……廃校舎破壊されたぞ？」

「……廃校舎破壊されたな」

「……」

「……」

「……真祖の吸血鬼だよな？」

「……ああ、かの有名な吸血姫と名乗ったな」

「……」

「……」

「この国と吸血姫は相互不干渉条約を結んでるって歴史の授業で習ったが？」

「そんなこと俺に言われても知るかよ」

「……校舎破壊されたな」

「……されたな」

あ、何か……みんなが私とイヴァンナちゃんから物凄い勢いで距離を取り始めたよ。

で、やっぱり遠巻きにヒソヒソ話をされているよ。

魔法学院の生徒さんたちは当然として、マリサ姉さん呼ばわりしてたギルドの人たちまで……距離が遠くなっちゃってるよ？

そこで私は、これは不味いとばかりに大声を上げた。

「み、皆さん、違うんです！」

「違う？　何がだよ？」

「この人は私の個人的な知り合いなだけです。私の実力で……召喚で呼んだとかそういう訳じゃないので」

まあ、半分は合ってるよね。

クッキーに寄ってきただけだし。

「と、ともかく……あの娘が無茶苦茶な実力者であることは間違いない」

ああ、ダメだよ、ドン引きされちゃってるよ。

まあ、こうなれば仕方ないか。元々、ギルド長さんも「好きにやってこい」って言ってたし。

「おい、あんなこと言ってるけどどうする？」

「そもそも校舎壊してるよな？　大丈夫なのかコレ？」

そうなんだよ。私もギルド長さんに校舎は壊すなと言われてたんだよね……。

最大の問題は間違いなくここなんだけど……。

と、私はすがるような視線を魔法学院の先生に向けたんだ。

「あの、校舎を壊しちゃったんですけど……」

「……これは助かりました。冒険者ギルドに出した旧校舎の解体依頼は明日のことでしたが、まさか今日……やってくれるとは」

「へ？　解体依頼？」

「ええ、作るのは別として、壊すだけなら破壊魔法が早いですからね。魔法学院出身の魔術師は荒事を嫌いますし……お恥ずかしい話、破壊を伴う実践の攻撃魔法なら、冒険者ギルドのAランクやSランクのかたの方が上でして。まあ、建築業者の繁忙期は……冒険者ギルドがたまにそういう仕事をすることがあるということですよ。しかしマリサさんも人が悪い」

お、これはひょっとして……と私は瞳をランランと輝かせる。

「お知り合いの真祖の吸血鬼というところは本当に驚きました。ですが、なるほどなるほど……生徒たちに舐められないためにこんなデモンストレーションを用意していたとは」

良し、良し……やったよ！

何だか分からないけどいい感じに勘違いしてくれてるよ！

「はは、実はそうなんですよ！　知り合いのイヴァンナちゃんにちょっと協力してもらいまして」

「ええ、そうでしょうね。召喚で真祖の吸血鬼を呼び出すなんて前代未聞です。知り合いというだけで驚天動地なのに……本職の召喚師でもないのに呼び出すなんてありえません」

「ともかく」と先生は掌をパンと叩いた。

「ブラッドフォードを倒した実力は本物です。それに真祖の吸血鬼の知り合いということで、生徒たちは貴女に一目どころか十目は置くでしょう」

よし、やった！

どうやら何とかなったみたいだよ！

「でも、あの二人も凄いんですよ？」

と、私はシャーロットちゃんとルイーズさんを指さした。

「あの二人が凄い？　シャーロット学生はペーパーテストで近年稀にみる最低得点を叩き出し、ルイーズ学生に至っては不登校ですが……？」

「確かに学術試験や出席日数も大事だとは思います……ですが」

「ですが？　と、おっしゃると？」

「この学院は試験の点数や出席日数を一芸に代えることができるんですよね？　シャーロットちゃ……シャーロットさんは剣術、ルイーズさんは実践魔法技能。冒険者としての彼女たちの能力は認めてあげてほしいな……と」

そこで魔法学院の先生は渋い表情を作った。

「確かに一芸制度はありますが……単純に彼女たちはステージが足りていないんですよ」

「ステージ？」

「ええ、剣術も実践魔法技能も……一芸の認定についてでしたら、過去に例があります」

「だったら認めてあげても……」

と、そこで、今まで黙っていたもう一人の魔法学院の先生が私に話しかけてきた。

「俺の名前は隻眼のモーリス。今は魔法学院でヒヨコ共に剣術を教えているが、昔は帝都で軍人をやっていて……帝都の切り込み隊長といえば俺のことだ。で、何を隠そうそのずっと前はここの学院出身だったんだ」

帝都の切り込み隊？

どこかで聞いたような……。まあ、それはいいか。

「つまりですねマリサさん。一芸認定による剣術特待枠はこちらのモーリス教官がここ数十年で唯一の例なのです」

そして……と、先生は学生の中の一人を指さした。

「神童――無詠のパシフィック。彼はこの研修の参加者ではないのですが……ともかく、魔法学院始まって以来の神童と呼ばれるのが彼です」

「どうも」と銀髪の少年が頭を下げてきた。

「こ、この二人にそこまでの力があると？」

「まあ、そういうことになりますね。あくまでも一芸制度は特例なので……そんなにポンポン認める訳にはいかないのです」

「ふーむ……」

アゴに手をやって考え込んでいると、隻眼のモーリスさんがシャーロットちゃんに向けて声をかけた。

「お前……確かギルド長の娘だったな？」

「はい、そうですけど……？」

そうしてモーリスさんは模擬剣を私から奪い取り、シャーロットちゃんに向けて放り投げる。

続けざま、地面に転がるもう一本の模擬剣を手に持った。

「昔は俺は……お前の父親に可愛がられていてなっ！」

言葉と同時、モーリスさんはシャーロットちゃんに切りかかった。

シャーロットちゃんも咄嗟に反応して、カキンと木刀どうしがぶつかる軽い音が鳴った。

「きゅ、急に何をするんですか!?」

「常在戦場とか抜かしやがって、こんな風に……昔、散々ボコボコにされてんだよこっちはな！」

鍔《つば》迫《ぜ》り合《あ》いの状況。

そうしてシャーロットちゃんのお腹に向けて蹴りを放つ。

で、モーリスさんの攻撃動作の合間に一瞬のスキができた。

シャーロットちゃんもそこに気づいて反応して……良し、そこだ！　そのまま切りつけちゃえ！

「きゃあっ！」

けれど、シャーロットちゃんは反撃の途中で固まってしまって、蹴りをモロに受けてしまった。

あー。そういえばこの子は優しすぎてアンデッド以外には攻撃できないんだったか。

今のは完全にシャーロットちゃんの攻撃が入ってたタイミングなんだけどな……。

「と、まあこういうことだ。単純にギルド長の娘は実力が足りてねーんだわ」

私に向けて、モーリスさんは勝ち誇った笑みを浮かべる。

「さっきも言ったが、ギルド長には昔……そりゃあまあ世話になってな。とはいえ、所詮はロートルってところだ。なんせ、娘一人まともに剣士として育てられちゃいねえんだから」

どうやらギルド長さんとモーリスさんには浅からぬ因縁があるみたいだよね。

昔、訓練で厳しくやられたとかいう感じなんだけど、要はこの人……それを娘のシャーロットちゃんに向けて八つ当たりしてるってこと？

そこで、地面で膝をついて苦痛の表情を浮かべていたシャーロットちゃんが唇を噛みしめる。

「……お父さんのことを悪く言わないで欲しいんです」

「まあ、この分なら……今の俺ならギルド長なんて相手にもならんだろうな。そもそもが娘ができたって日和った奴だし」

「……お父さんが日和った？」

「ああ、俺も帝都の切り込み隊にいたんだが、奴が隊を抜けたのは戦争が起きそうな時期だったんだ。子供ができたとか意味の分からん理由だったし、逃げたんじゃないかって……てな。まあ、相当な腰抜けなのは間違いないよ、あの男は」

その言葉でシャーロットちゃんは必死に立ち上がろうとするけれど……さっきの剣撃が足にきちゃってるみたいで立てないみたいだね。

「……撤回してください」

精一杯の反抗だとばかりにシャーロットちゃんはモーリスさんを睨みつける。

「撤回？　何を撤回だ？」

「……腰抜けという言葉なんです。お母さんは病気だったんです。体が弱いのに無理をして私を産んで……そして亡くなりました」

「ほう、それで？」

「……お父さんは男手一つで私を立派に育てるんだって。だから、帝都の切り込み隊長の職務を辞退して、時間が比較的自由になる田舎の……ここのギルド長になりました」

「そんな事情は知ったこっちゃねえよ。戦争直前期に逃げたのは事実で、奴が腰抜けなのは変わりがない」

ぐぬぬとばかりにシャーロットちゃんは眉間に皺を寄せるけど、やっぱり足にきちゃってるもんだから立ち上がれない。

と、そこでルイーズさんがシャーロットちゃんに駆け寄って、心配そうに声をかけた。

「大丈夫ですかシャーロットさん？」

「あ、ありがとうございます。何とか……大丈夫なんです」

そして神童……無詠のパシフィックさんがルイーズさんに向けて嘲笑を浮かべた。

「で、どうするんだいルイーズ？　君も僕と戦うかい？」

「いいえ、やらずとも分かっておりますわ」

フルフルと首を左右に振るルイーズさんに、私はヒソヒソと尋ねてみた。

「やらずとも分かっているって、どういうことなんですかルイーズさん？」

「今まで、幾度となくパシフィックには……模擬戦で散々にやられております」

「でも、ルイーズさんって学生レベルだと……とんでもない魔法技量なんじゃ？」

「ええ」とルイーズさんは頷いた。

「かつては私の方が力は上だったのです」

「かつては？」

「その通り。私の方が強かったはずなのに……私が百式を覚えてからはてんで敵わなくなったのでございます。本当に不思議で不思議で……原因は何なのかとずっと考えているのですが……」

いやそれ、百式使ってるから負けるようになったんだよね!?

と、そこでルイーズさんは小さく頷いた。

「やはりパシフィックは私《わたくし》の知らぬ間に……尋常ならざる魔法の鍛錬をしたのでしょう。百式による私の超絶パワーアップを超えてくるとは、尊敬に値する努力だと思いますわ」

だから百式ー！

その原因、絶対に百式だよー！

まあ、そんな感じで私が狼狽していると、モーリスさんじゃないほうの魔法学院の先生がニコリと笑った。

「つまりはそういうことです。それにこの二人以上の優秀性を見せたとしても、正式な手順を踏んだ訳でもなく、途中から特例を認める……というのも中々に難しいのですよ」

「と、おっしゃいますと？」

「そうですね。例えば、この研修の総決算である合同迷宮攻略で未知の階層に到達し……伝承上のアイテムでも持ち帰れば話は別でしょうか」

「伝承上のアイテム？」

「ええ、未踏破迷宮の第六階層にあるという伝説のアーティファクト――真紅の宝珠《スカーレットオブノスフェラトゥ》です」

その言葉で私とフー君は一瞬固まった。

それって……私の頭の中にいる、もう一人の私の前世さんを制圧する……キーアイテムのことだもんね。

「ええと、つまりはシャーロットさんたちが模擬戦なりでこの二人を倒して、その後に迷宮で真紅の宝珠《スカーレットオブノスフェラトゥ》を持ち帰れば……退学は取り消しと？」

「ええ、そうなります。が、万が一にもこの二人を模擬戦で制したとしても、真紅の宝珠《スカーレットオブノスフェラトゥ》を持ち帰るのはナンセンスですね。迷宮の未踏破階層には、何故に未踏破であるかという理由はあるのですから。今まで数多《あまた》の冒険者が挑戦して、そしてダメだった訳ですからね」

「分かりました。やります」

「そうそう、そんなことはできるはずがありません――って、今……何と言いましたか？」

「その条件、私たち――暁の銀翼は受けて立ちます！」

いや、そりゃあそうだよ。

真紅の宝珠《スカーレットオブノスフェラトゥ》って言ったら、私のもう一人の前世さんの人格乗っ取りを防ぐキーアイテムだよね？

だったら、シャーロットちゃんたちのことがなくても、無理にでも現物を取りに行かなくちゃいけない案件だもん。

chapter 3

仲間も強くなりました

「さあ、我をもてなすのじゃ！」

案内された寮の部屋で、パクパクとクッキーを口に放り込みながらイヴァンナちゃんは偉そうにそう言った。

っていうか、部屋の主が必死に荷ほどきしてるのに、ベッドの上でくつろいでいるのはどうなんだろう……。

いや、吸血鬼のお姫様だからそこは言っても仕方ないか。

「ところで……マリサちゃん？」

と、言ってきたのはシャーロットちゃん。

ちなみに、私とシャーロットちゃんは同じ部屋だ。

平民用の部屋の中では最上級みたいで、まあ一応はギルド代表として最大限のおもてなしを受けているみたい。

二段ベッドとかじゃなくて、ちゃんとそれぞれ別のベッドだし、内装もそれなりに豪華だ。

でも、そんなことよりもシャーロットちゃんと同じ部屋ってところが凄《すご》く嬉しいよね。

お父さんに捨てられてからというもの、普通の学生生活とか青春は無理だと思ってたんだけど――。

まさか、こんなところで疑似とはいえ学園生活っぽいことができるとは。

「ん？　どったのシャーロットちゃん？」

「イヴァンナさんのことなのですが……この人……フー君さんと同じ口調のような気がするんです……」

「あ、それ言っちゃダメ！」

と、私は慌ててシャーロットちゃんの口を掌で塞いだ。

そして、恐る恐る……という風にイヴァンナちゃんに視線を送る。

はたして、彼女は怒りからか恥ずかしさからか、顔を真っ赤にしてプルプルと震えて――

「そ、そ、そんなことねーし！」

あ、やっぱり……そうなっちゃったんだね。

私とフー君は「やれやれ」とばかりに肩をすくめ、シャーロットちゃんとルイーズさんは「何が起きているの!?」とばかりに大きく目を見開いた。

そんな全員の視線を受け、イヴァンナちゃんは半泣きになりながら……半ばヤケクソ気味にこう叫んだ。

「ぼ、ぼ、ボクは……フェンリル口調じゃねーですしっ！　か、か、被ってねーですし！」

うわぁ……。

よほど、口調被りについて触れられることに抵抗感があるみたいだね。

「い、い、いいから！　無理しなくていいからイヴァンナちゃん！　大丈夫！　大丈夫だよ！　君はオンリーワン！　君のその口調は、ちゃんとオンリーワンだから！」

言葉を受け、イヴァンナちゃんの表情が「パァっ！」と花が咲いたように明るくなる。

「ほう、オンリーワンとな？」

グイグイ来るという言葉はこういう時に使うんだろうね。

と、そういう感じでイヴァンナちゃんは身を乗り出してきた。

「うんうん、フー君と君は違うよ！　明確に違いがあるよ！　何と言ってもイヴァンナちゃんは可愛いじゃない！　動物的な意味じゃなくて、少女的な意味で！」

「ふふ、ふふふ！　じゃっろー？　やっぱ我って可愛いじゃろー？　オンリーワンじゃろー？　実はこの前に口調被りを言われてからずっと凹んでおったのじゃ。が、それでも悔しさに打ち震え思い出すたびに「いや、それはちょっと言いすぎじゃろ？」とか思ったり思わんかったりしておってなー！」

嬉しそうなイヴァンナちゃんを見て――

――よっし、やっぱりチョロかった！

と、心の中で私は全力でガッツポーズをする。

「ところでマリサさん？　どうしてこの方はそんなに偉そうなのですか？」

ルイーズさんの言葉に、イヴァンナちゃんは露骨に眉を顰《ひそ》めた。

「偉そうなのはあたりまえであろう、我を誰だと思うておる？　我は吸血姫イヴァンナぞ？　つまり
――」

イヴァンナちゃんは押し黙り、私よりも薄い胸を精一杯張ってこう言った。

「――我を存分にもてなす義務がお主たちにはあるのじゃ！」

ヴィシっと指をさされたルイーズさんは、負けじとばかりに豊満な胸を張った。

「この伯爵令嬢ルイーズ＝オールディス……吸血姫ごときに下げる頭《こうべ》は持ち合わせておりません！」

「ふむ、帝や王ではなく、人間の伯爵……？　それも、その娘ごときがデカい口を叩きおるな」

そうしてイヴァンナちゃんはルイーズさんの顔をマジマジと眺める。

「しかし、本当に礼儀のなっておらん奴じゃ。自分と相手の力量差も分からぬ蛮勇にして、その尊大な態度――貴様……まるでドラゴンみたいじゃな？」

いや、だからイヴァンナちゃん、どうしてそんなにドラゴンが嫌いなのっ⁉

「ふふ、力量差ですって？　私をただの伯爵令嬢と思ってもらっては困りますわ。このルイーズは魔神の力――百式の使い手でしてね！」

そこでイヴァンナちゃんは「ほう」と感心したように息を呑んだ。

「我は伊達に真祖の吸血鬼を名乗ってはおらぬ。必然、魔神には知り合いがおるぞ。どやつから力を授かったのじゃ？」

「名前は存じ上げませんが、それはそれは強大にして至高の魔神となりますわ」

「魔神と言ってもピンキリじゃからのう……ふむ、名前を知らんのであれば、呼び出す呪文くらいは覚えておるじゃろ？　それで分かるはずじゃから言ってみい」

ルイーズさんはしばし押し黙る。

そうして、ニヤリと冷徹な微笑を浮かべ、大きく息を吸い込んでから彼女はこう言ったんだ。

「――タッカリピト　プップルンガ　ヌピラット　パロ」

その呪文を聞くや否やイヴァンナちゃんは大きく目を見開いた。

「……くっ……認めざるをえんようじゃな。あやつが百式を授ける程の人間……邪険には扱えまい」

って、えええええ!?

ルイーズさんのバックについてる魔神って、ただの頭のヤバい神様と思ってたけど、どうやらそういう感じでもなさそうだよっ!?

と、そこで、フー君が「ゴホン」と咳ばらいをした。

「マリサよ。それでどうするのじゃ？　このままでは二人が退学になってしまうという話じゃろ？」

「ふふ、大丈夫だよフー君。我に秘策アリ……ってやつだよ」

「うん」と頷いてシャーロットちゃんの肩をポンと叩く。

「シャーロットちゃんの剣術は凄いんだよね？」

「えーっと……私のことは置いといて、お父さんは凄いんです。そのお父さんに子供の時からビシバシやられていたので……まあ、それなりだとは思います」

「じゃあ、そんな凄いはずのシャーロットちゃんが……ギルドとかでイマイチ残念な扱いをされている理由って何だと思う？」

「私は剣で何かを傷つけたりしたくないんです。アンデッド系ならまあ……何とかなりますけど」

ってことで……と、私はアイテムボックスの中から一振りの刀を取り出した。

「これは刀……なんです？」

実は山籠もりの前に私の防具を一式揃えたんだけど、その時に東方から流れてきたこの刀を買ったんだよね。

前世さんが相当な業物って言ってたから、まあ間違いないと思う。

「でもマリサちゃん？　どうして刀なんです？」

「まりさーひめもーひめもなんかほしいー」

ヒメちゃんが鼻先をスリスリしてきたので、頭のあたりをこしょこしょしてあげる。

「後で何かあげるから今は大人しくしておいてね、ヒメちゃん」

と、私はシャーロットちゃんに向き直って、大きく頷いた。

「刀ってさ……刃がついているのは片方だよね？」

そうしてシャーロットちゃんは何やら考えて――

「すごい！　マリサちゃんは天才なんです！」

いや、気づいてなかったの!?

と、私はトホホとため息をついた。

「いや、でも……やっぱり無理なんです」

「ん？　どういうこと？」

「逆刃で使ったとしても、金属の鈍器で殴ることになるんです。つまり、やっぱり誰かを傷つけることになるんです」

ふふふ……。

実はその指摘は刀を買ったときに既に前世さんから受けているんだよね。なので、対策はバッチリなのだ。

「ちょっとズルになっちゃうんだけど――武器防具に魔法付与をするんだよ」

「魔法付与？」

「前世さんはエンチャンターの力を持っているからね」

何でも前世さんは、単独決戦兵器となるべくお爺ちゃんとお婆ちゃんに育てられたらしい。

基本戦闘スタイルは魔法剣士で、回復もバフモデバフも一人で完結するってんだから凄い話だよね。

ちなみに、私の服や防具にも前世さんパワーで色々と補強がなされていたりするらしい。

「魔法付与ってことなんです？」

「うん、シャーロットちゃん用にとっておきのがあるんだよ。まず最初に刀に「物理防壁」の魔法を付与するんだ」

「私の防御が上がるのはいいと思うんです。でも、それじゃあやっぱり相手を鈍器で殴るのとは変わらないですよ？」

「違うよ。これは相手に対する物理防壁だよ。つまり——攻撃力を落としているんだ」

「え？　どういうことなんです？」

刀に魔法を付与する。

掌が光って、刀身全体に淡い光が広がっていった。

「まあ見てて、次に刀自身に防御力低下のデバフを付与するよ」

「防御力低下？」

二度目の付与が終わり、刀身を触ってみる。

うん、ちょっとぐにゅってなってて、硬いゴムっぽくなった。

相手の剣を受けたりする関係上、武器ではなく防具としても刀を使わなくちゃいけない。

つまりは耐久力を下げずに攻撃力だけを下げるってことなんだけど……調整って難しいよね。

「そして最後に――」

と、そこでルイーズさんが大声をあげた。

「ちょっ、マリサさん!?」

「ん？　どうしたんですかルイーズさん？」

「三つ同時付与なんて……どういうことなんですか!?　それは魔法大学院の研究室で数年かけてようやく……三つ同時とは、そういうレベルですよ？」

「えっ！　頑張れば四つまでいけるんですけど……」

「四つなんてレジェンド級のアーティファクトでございますわ！」

「いやぁ……前世さんって凄いんだね。あはは……」

「あははで済ませるようなことではないのですが……まあ、マリサさんですからね」

私だからで納得されるような状況も良くないんだけどなァ……。

「と、それはさておきシャーロットちゃん。最後の三つ目の付与がミソなんだよ」

「ミソ……なんです？」

「うん、今の二つ付与の状態でこの刀を全力で振っても、相手には子供のデコピン程度のダメージしか与えられないんだよ。これなら大丈夫？」

私の問いかけにシャーロットちゃんは大きく頷いた。

「イケます！　それなら私でもイケるんです！　全力出せます！」

「ちょっと心配だったけどそれならオッケーだね！　で、三つ目の付与――それは……」

「それは？」

と、そこで私はシャーロットちゃんに「ごにょごにょ」と耳打ちした。

そうして、言葉の内容を聞いた瞬間にシャーロットちゃんはしばらくフリーズして――

「凄い、凄いんです！　それは凄いんですよマリサちゃん！　出せます！　問題なく全力が出せるんです！」

「あのマリサさん……？　どうして肝心なところは耳打ちなのでございましょうか？　私も知りたいのですが……」

「いやねルイーズさん。実はフー君と賭けをしてるんだよね」

「賭け？」

「私の思い付きでシャーロットちゃんを強化したいって言ったら、フー君に『マリサの思い付きじゃ絶対無理』って言われたので……」

「ふむ。話が読めませんわ」

「フー君に概要を説明する前に、前世さんから『大丈夫バブ』ってお墨付きを貰ったので……絶対無理ってバカにされたのがちょっと悔しくて。それじゃあフー君予想してみなよって、そんな感じですね」

「まあ、要は痴話ゲンカみたいなものということですわね」

痴話ゲンカなのかな……ちょっと違う気はするけれど。

「で、シャーロットちゃんの目途は立ったので、次はルイーズさんですね」

「私？　私があの神童のパシフィックに勝てると？」

「ええ、勝てます。私の見立てが確かで……この方法に従ってくれるなら……間違いなく」

ゴクリとルイーズさんは息を呑んだ。

「そ、そ、それはどんな方法でございまして？」

ルイーズさんの問いかけに首肯し、私はキっとルイーズさんを見据える。

「……」

「……」

そしてルイーズさんと見つめあうこと十秒程度、大きく大きく息を吸い込んで、満を持して私はこう言ったんだ。

「ルイーズさんは百式を使わないでください」


良し、アドバイス終了！

これでルイーズさんも目途が立ったね。

見た感じ、地力はどう見てもルイーズさんが上だったし、これで二人とも完勝できると思うよ。

「え、どうして？　どうして百式を使ってはいけないのです!?　そんなことをすれば、私の戦力は半減以下では済みませんよ!?」

「……使わないでください」

「何を言っているのか理解できませんわ！　どうして使ってはいけないのです!?」

これは……魔神の洗脳ってのも恐ろしい。

百式が凄いと思い込んでいるとは知っていたけれどここまでとは……。

と、私はシャーロットちゃんとアイコンタクトを取った。

「使っちゃダメなんです」

「ぐっ……わ、わ、分かりましたわ。今回だけですからね」

良し、ルイーズさんが言うことを聞いてくれたよ。

まあ、何でか知らないんだけど、ルイーズさんはシャーロットちゃんの言うことなら何でも聞くからね。

「しかし、一つ提案があります」

「提案？　何の提案なのルイーズさん？」

「貴方たちも……百式の真の凄さを知れば、使うななどという妄言はこれ以上言わないでしょう。故に、ここで百式を披露してもよろしくって？」

「凄いと私たちが認めなければ、使わないでいてくれるんですね？」

「ええ、勿論。ただし――今回は秘技中の秘技ですわ！　これを見ては貴方たちも凄い以外の言葉が出ないでしょう！」

秘技中の秘技？

今まで私は、ルイーズさんが残念な魔神と契約してしまったが故に、残念なことになってしまった人だと思っていた。

けれど、その魔神はさっきイヴァンナちゃんが認めていた訳で……実は凄かったらしい。

と、いうことは、今まで私が見てきた百式は残念な百式で――実は凄い百式もあるのではないか？

と、私はゴクリと息を呑んだ。

「技名を聞いて驚かないでくださいね？　その名も――盗賊の極意《シャドウハント》ですわ」

「盗賊の極意《シャドウハント》？」

驚くほどにまともな予感がする技名だよね。

これは本当に期待できるかもしれないよ！　と、私は再度息を呑んだ。

「これは――敵から力の一部を受け取る技なのでございます」

「敵から力を奪う？」

本当に……効果もまともだ。

何だかんだで百式だからと……心のどこかでは否定していた自分を恥じなきゃいけないね。ごめんねルイーズさん。

「今回は敵がいないので、とりあえずシャーロットさんから剣術のスキルをハントしてみましょうか」

シャーロットちゃんから刀を受け取り、ルイーズさんはその場で華麗な剣の舞いに興じ始めた。

「す、すごいんです！　私の剣術の型を完璧にトレースしているんです！」

「ふふ、型や技だけではありません。剣術の足運びに必要な筋肉も受け取っているのですよ」

「あ、あ、あああああ！　私の足が……いつの間にかお婆ちゃんみたいにヨボヨボのシワシワになってるんです！」

「ええええ！　本当にシャーロットちゃんの足がお婆ちゃんみたいになって、いつの間にかルイーズさんの足がムッキムキのバッキバキになってるよ！」

シャーロットちゃんは慌てて立ち上がろうとするけれど、足腰に力が入らないみたい。

生まれたての小鹿みたいに、その場でプルプルと震えちゃってるよ！

「力はすぐに返しますからご安心を。けれど――ここが戦場で私が敵ならば、どうなりますかね？」

す、す、凄い。

これは本当に凄い技だよ！

「で、でもどうして足だけなんですかルイーズさん？　腕力は盗まないんですか？」

「腕力は――マリサさんから盗もうと思っていましてね！　腕力とはつまりは、腕の筋力、そして胸筋――つまりは胸の肉からなります！」

「す、す、凄いんです！　マリサちゃんの腕がお婆ちゃんみたいにヨボヨボのシワシワにっ！」

「おおおお！　ルイーズさんの両腕がムッキムキのバッキバキになってるよ！」

そうしてドヤ顔でルイーズさんは頷き、ノリノリで言葉を続ける。

「腕力！　筋力！　力こそパワー！　腕力とはつまりは、腕の筋力、そして胸筋――つまりは胸の肉からなります！」

と、そこで「胸の肉？」と、シャーロットちゃんは小首を傾げる。

そうして、しわしわになった私の腕と、ムッキムキになったルイーズさんの腕、続けて、私の胸とルイーズさんの胸を何度も何度も見比べて――

「胸は変化なしなんです！」

「ど、ど、どうして腕の筋肉――腕のお肉は盗まれてるのに胸に変化がないの!?　何で!?　何で!?　何でなの!?」

「ふふ、マリサさん……それは言うまでもないことでしょう？」

私はしばし考える。

そうしてポンと掌を叩いた。

「ああ、盗もうにも私の胸からは盗むところがないんだね――って、酷くないそれっ!?」

と、そこで私は頭を抱えてその場で蹲った。

「いくら何でも……酷過ぎるよ。いいじゃない別に胸が小さくたって小さい胸でも形は可愛いしスタイルも悪くないし髪の毛だって気を使ってるからサラサラだし胸くらい別にいいじゃない胸くらい胸くらい胸くらい胸くらい胸くらい胸くらい」

「い、いかん、マリサの精神的ダメージが甚大じゃ！」

「マリサちゃん！　大丈夫なんです！　胸が小さい方が好きな人もいるんです！」

いかん、取り乱してしまった。

うう……。しかし、あくまでも私の胸は成長途中だというのに、本当にこの仕打ちは何なんだろう。

「で、でも凄いんです！　マリサさんの力を奪えるってことは、どんな強者相手でも力を盗めるってことなんですよ！」

大喜びのシャーロットちゃんだけど、実際にその点は私も嬉しいかな。

正直、百式には期待していなかったけど、このスキルは超強力のぶっ壊れスキルのように見える。

実際にシャーロットちゃんも足腰立たないし、私もただ手を動かすだけでも重たくて辛いんだよ。

つまりは、自己強化と敵への弱体化を施し、なおかつ剣術なんかの技術まで奪うことができるって

——

――もう、こんなの無敵じゃん！

と、私とシャーロットちゃんは最強の味方ができた喜びで「わーい！」とハイタッチをしてしまったんだ。

「喜ぶのはまだ早いですよお二人とも。この奇術には弱点と制約があるのです」

真剣な表情のルイーズさんに、私は思わずゴクリと息を呑んだ。

ま、まあ、こんな強力な力、制約なしに無制限なんて都合が良すぎるよね。

「制約と弱点って何なんですかルイーズさん？」

「ええ、つまりはですね、この技はただの幻影なのです」

「え？」

「状態異常の一種ですね。幻影と混乱と、あとは光学迷彩の効果もあります」

「えーっと、ちょっと待ってくれるからなルイーズさん。そして、詳細に説明してくれるかな？」

「つまりはですね……なんかこう、見た目的にみんなの力を受け取った風に見えるだけなのですわ。

この筋肉も、さっきの剣舞も――すべては幻覚なのです」

前世さん、お願いしても良いかな？

——うむ。状態異常回復魔法を使ってみるバブ。


あ！　ルイーズさんの手足がムキムキじゃない。

私の手もシャーロットちゃんの足も、シワシワのおばあちゃんみたいじゃなくなってる！


——味方からの精神汚染攻撃魔法は想定外だったので喰らってしまったバブ。まず間違いなく、普通の戦闘職の人間ならば、戦闘中の気を張っている状況であればかからないレベルの幻覚バブ。

「ちなみに、まず幻術は戦闘中には通らないのですが、仮にかかったとしても『何か弱った気がする』だけの技なので、戦闘中の鉄火場であれば全然普通に戦えますわ」

「あ……そうなんだ」

「ふふ、どうでしょう？　凄い技でしょう？」

「あ……うん、凄いかもね」

「と、いうことで神童のパシフィック相手の切り札としてこの技——盗賊の極意《シャドウハント》を……」

ドヤ顔のルイーズさんに、ピシャリと私は言い放った。

「模擬戦の時は百式は禁止ですから」

「えええっ！　どうして!?　何故にっ!?」

「禁止です」

「ぐ……今回だけですからね！」

しかし……と、私はため息をついた。

ルイーズさんの百式に使える技って……一つでもあるんだろうか……と。

「ともかく、これで二人とも大丈夫だと思うよ」

そこでベッドの上で話を退屈そうに眺めながら、延々とクッキーを食べていたイヴァンナちゃんが
ゆっくりと立ち上がった。

「それでは満腹になったことじゃし、我はそろそろお暇《いとま》しようかの」

ポンポンとお腹を叩きながらイヴァンナちゃんはドアに向かった。

「あ、今度来るとき、事前に言ってくれたらお菓子もたくさん作っておくから」

「うむ、殊勝な心がけじゃ」

満足げに頷くイヴァンナちゃんに私は右手を差し伸べた。

つまりは、これから仲良くしていこうねとばかりに私は握手を求めた訳なんだけど――。

「……」

「……」

「……」

「……ん？」

イヴァンナちゃんは私の手を握らずに、そのままドアを開いて出て行ってしまった。

手を握ってくれなかった？

はてさて、と私が小首を傾げているとフー君が声をかけてきた。

「真祖の吸血鬼は誇り高き種族故な。簡単には人とは慣れあわないということじゃろう」

「いや、既にめっちゃ慣れあってる感じするんだけど……」

「誇り故に、素直になれんということもあるのではないか？」

まあ、フー君もそんな感じだもんね。

いつも、魔獣の王としての風格と、獣としての本能でせめぎあってる感じだし。

「うむ？　何故にニヤニヤしておるのじゃマリサ？」

「ん、何でもないよ！」

と、まあそんなこんなで――私たちは模擬戦対策を終えたのだった。


で、三日後。

いよいよ決戦の日だ。

魔法学院のグラウンドには私、シャーロットちゃん、ルイーズさん。

三人の対面には……魔法学院の先生である隻眼のモーリスさんと、神童の生徒と名高き、無詠のパシフィックさんが余裕の表情で立っている。

で、私たちを遠巻きに見ているのはギャラリーのみんなって感じだね。

「ギルド長の娘さんよ、この前、あれだけこっぴどくやられたのに逃げずに来たことは誉めてやろう」

さて、これから一対一の試合が同時に始まるんだけど――まずはシャーロットちゃんと隻眼のモーリスさんだ。

二人は試合場である白線のサークルに入ると同時、模擬剣を構えた。

ちなみに、本物の刀は使えないって話なので、今回は模擬剣に刀と全く同じ付与魔法を施している。

「……この前の……お父さんに向けた腰抜けという言葉、私が勝ったら撤回してほしいんです」

「ああ、勝てるもんなら――なっ！」

あ、汚い！

言葉が終わらないうちにモーリスさんはシャーロットちゃんに切りかかっていったよ！

試合開始の合図もないのに！

「スライムも殺せないような娘に発言権なんてありゃしねえ！」

モーリスさんの上段打ち下ろしを、シャーロットちゃんは目にも止まらない速度で回避。

続けざまの胴への薙ぎ払いも、最小限の動きで完璧に見切って回避した。

続けざま、モーリスさんの連撃のことごとくをシャーロットちゃんは最小限の動きで回避し続ける。

「なっ⁉」

うん、モーリスさんが驚くのも無理はない。だって私も驚いてるんだもん。

今回は人間を傷つける心配がないので、シャーロットちゃんは本気を出している訳なんだけど……アンデッドを相手にしている時よりも格段に動きがいい。

何でかな……と、ちょっと考えて私は掌をポンと叩いた。

ああ、多分これってアレだよね。

アンデッド相手でも……真剣を振るうことであるだとか、あるいはアンデッド相手でも相手を攻撃するという行為そのものに……シャーロットちゃんは抵抗があったんじゃないかな。

それでシャーロットちゃんは無意識に力をセーブしてしまっていたとか……そういうこと？

で、今、シャーロットちゃんが持っている剣は絶対に相手を傷つけることのないモノなので、本来の力を百パーセント発揮できていると。

と、そんなことを考えていると、軽くステップを踏んでシャーロットちゃんはモーリスさんから距離を取ったんだ。

「……私が勝ったら撤回してもらいますので」

「逃げの一手の能力は認めるが、攻撃ができない者に勝利はねえぞ?」

その言葉には取り合わず、シャーロットちゃんはトントンとその場で何度か軽く垂直に跳んだ。

「とりあえず――スピードあげちゃいますね」

そして、シャーロットちゃんは消えた。

いや、私には見えているんだけど、おそらく……この場で今の動きを捉えたのは私とフー君、そしてヒメちゃんと……そしてギリギリで目だけが反応したモーリスさんだけだろう。

証拠に、みんなからざわめきが起きたのは、一連の動きの全てが終わってからだったんだから。

「馬鹿……な」

ともかく、結果から言うと――シャーロットちゃんは模擬剣の切っ先をモーリスさんの喉の寸前で止めていた。

要は一気に間合いを詰めて超高速の突きを、寸止めしたってことだね。

「ここで負けを認めてください」

「はっ、どうしてだ? 結局は攻撃ができねー訳だろ?」

バックステップでシャーロットちゃんから距離を取り、モーリスさんは模擬剣を腰ダメに構える。

「抜刀術……ですか?」

「鞘走りが必要のないスキルなもんでな。不可視の剣閃――俺の神速の一撃……よけられるものならよけてみやがれ!」

そうしてモーリスさんはさっきのシャーロットちゃんより、ちょっと遅い速度で剣撃を放ったんだ。

で、まあ、ヒョイっと軽い感じでシャーロットちゃんは剣を躱《かわ》したんだよね。

「何故……反応できる？　俺のこの技を……初見で完璧に見切ったのはギルド長だけなんだぞ……っ！」

「――スキル：明鏡止水なんです」

シャーロットちゃんはお腹の辺りに闘気を貯めながら言葉を続ける。

どうやら、シャーロットちゃんも攻撃スキルを発動させる感じだね。

「明鏡止水はお父さんから習った近接スキルなんですよ。そして――これもなんですっ！」

シャーロットちゃんは再度、トントンとその場で軽く跳んだ。

そのままステップを踏んで、リズムを取りながらモーリスさんがギリギリで目で追える速度でその周りを回り始めた。けど、目で追えたのは最初だけみたいだね。

「まだ……速くなる……だと？」

「スキル：瞬閃の刻です。もっと――速くなれますよ？」

おお、速い！　これは速いよ！　さっきよりも全然速いよ!?

「ねえねえフー君？　初めて会った時のフー君よりもひょっとすると速いかもだね！」

「まあ、瞬間的にしか出せない速度っぽいがな」

と、それはともかくモーリスさんは顔面を蒼白にして、冷や汗をダラダラ流しちゃってるね。

超スピードの上、独特の歩法まで交えちゃってるもんだから、残像まで発生してるし。

「い、い、いくら速かろうが攻撃できなくては意味がないぞ！」

そしてシャーロットちゃんはモーリスさんの眼前で動きを止めて、大上段から切りかかった。

「何っ!?」

モーリスさんからすれば、突然現れたって感じだろうね。

そして、気が付けば斬られていた……と。

ドサリとモーリスさんはその場に崩れ落ち、そのまま何かに耐えるように眉間に皺を寄せた。

で、眉間に力を入れて、瞼《まぶた》を閉じて、無理やり開いて、また瞼を閉じて……無理やり開いて。

あ、遂に眠気に耐えかねて白目を剥いちゃったね。

「これがお父さんが子供の時から……私に毎日教えてくれた力なんです」

「……何……故……？　斬れる……？」

「斬ってませんよ？　寝かせるだけです」

モーリスさんが完全に眠りに入ったことを確認して、シャーロットちゃんは小さく息をついた。

続けざま、私に向けてVサインを作ってニコニコ笑顔を向けてくる。

「……マリサ。お主の秘策とは――なるほど。そういうことじゃったのか」

フー君が頷き、私も頷いた。

まあ、要するに攻撃武器から殺傷力を完全に奪って、その上に睡眠効果を付与したんだよね。

切っても死なないし、傷つかない。ただし、無力化はできる。

これがシャーロットちゃんの戦力増加のために考えた――私の作戦だったって訳だね。

「おおお！　ギルド長の娘さんめっちゃつええええ！」

「まあ、あの鬼の娘だからな」

「スライムすら倒せないって話は嘘だったのかよ！」

いや、盛り上がってるところ悪いけど、最後のは改善されてないからね。

まあ、そこがシャーロットちゃんのいいところなんだけど。

で、向こうの魔法学院のメンツは、モーリスさんが手も足も出なかった事実にかなりのショックを受けているみたい。

「…………見えたか？」

「いいや、全然」

「スライムすら倒せないシャーロットが……いや、おいおい嘘だろ？　モーリス先生が……」

良し。

先生連中も口をあんぐりと開いているし、とりあえずは目論見通りに進んでいるね。

と、そこで隣のサークルで行われているルイーズさんとパシフィックさんに目を向けてみた。

お？　どうにも、魔法の撃ち合いになっているみたいだね。

確か魔術師さんとかが良くやる古典的な決闘方法だ。

えーっと、攻撃魔法側と防御魔法側に分かれて一発ずつ攻守を変更しながら撃ち合うみたいな感じだったっけ。

「さあ、食らいなさいパシフィック！　百式の奇術――」

「だから百式は使っちゃダメえええええ！」

「むう……っ！　分かりましたわマリサさん！　レベル8：呪獄炎《フレイムオブファラオ》！」

レベル8って確かルイーズさんが今現在使える最大の魔法だよね。

私がレベル10までで、前世さんが全盛期でレベル14までだったっけ。

で、レベル8の魔法を目の当たりにしたパシフィックさんは、目を白黒させながら大声で叫んだ。

「な、な、なななあああああああ!?　バカな……一年前とは次元が違う！　ルイーズ!?　キミに一体何がっ!?　百式を覚える前はキミと僕は同じ領域だったはず！」

パシフィックさんは防御魔法を必死に展開させて炎を押しとどめているけれど、見たところ突破されるのも時間の問題だね。

「伯爵家、貴族たるもの百式のみには頼らずですわ。私――伯爵令嬢：ルイーズ＝オールディスは常に日々の研鑽をかかしておりませんのよ！」

と、ルイーズさんは魔法を使っていないほうの手で、優雅に髪をかきあげたのだった。

「降参です！　やめて、やめてください！　このままでは炎に呑まれて死んでしまう！」

「仕方ありませんわね」

そうしてルイーズさんが魔法をやめて、炎が消えたところでペタリとパシフィックさんはその場で尻餅をついた。

その時、ギルド員の面々から歓声が上がった。

「あの巻髪……すげええ！」

「おいおい、マリサ姉さんのパーティーどうなってんだよ！」

「暁の銀翼……可愛い女の子がいるだけで、マリサ姉さん頼みのパーティーと思っていたが全員化け物みたいだな」

化け物は余計だよ！

そうして私はモーリスさんじゃない方の先生に声をかける。

「えーっと、勝ったみたいですけど、この二人の一芸認定はどうなりますかー？」

何か先生も上の空というか呆気にとられた感じだね。

ともあれ、「……あ……はい」との回答があったので……良し、これで言質《げんち》も取った。

さて、後は最終試験まで適当に研修を受けて、最後のダンジョン攻略だけだね。

サイド　ルイーズ

さて。

貴族の令嬢たるもの、パーティーにお呼ばれされたからには手土産の一つも持参せず……という訳にはいきませんわ。

しかし、祝勝パーティーなどと、マリサさんは本当に子供っぽいというかなんというか。

シャーロットさんの部屋が会場でなければスルーしていたところですが、それはさておき。

「くださいな」

「はい、いらっしゃい」

今日はいつものスルメ屋さんではなく、パン屋さんに来ておりますの。

父親が事業に失敗し落ちぶれたとしても――貴族の令嬢たるもの、パーティーの手土産にスルメという無粋はいたしません。

最近は暁の銀翼でのお仕事で稼ぎが良いのですが、右から左に借金取りにお金が取られてしまいます。

しかしながら、ほんのわずかであれば……贅沢にも耐えうる蓄財はしているのですわ。

「店長さん、この店のとっておき――パンオブザイヤーを所望いたしますわ」

「はい、パンの耳ね。ってことは……今日は月に一度の贅沢の日かい？」

ニコニコしながらパンの耳を袋に入れる店長さん。

この方はいつも私にパンの耳を安く分けてくださる気だての良い方なのです。

「いいえ、特別な日ではありますが……贅沢の日ではありません。まあ、今回はシュガー&バターオブパンオブザイヤーを作るのですわ」

「パンの耳でラスクっぽいのを作るってことかい、お嬢ちゃん？」

「ええ、そうなりますわね。皆さん——甘いものには目がありませんので」

そうしてパンオブザイヤーを受け取った私は、胸を高鳴らせてニコリと微笑みましたの。

「ふふ、今日はスルメではないですの。大奮発しましたの」

はてさて……。


——私のパンオブザイヤーはシャーロットさんにどんな表情で喜んでいただけるのかしら？

サイド マリサ

「ってことで魔法学院の寮でお泊り会だよー！」

ふふふ、ふふふ、ふふふのふ。

いやー、絶対に私の青春には訪れないと思っていた……学校の寮での友達とのお泊り会だよ。

気合を入れまくって料理とか超頑張っちゃったもんね！

シャーロットちゃんも女子力高いから、二人でそれはそれは食べきれないほどのご馳走とお菓子を用意したんだ。

――マリサさん奮発しすぎなんです！　これって幻獣種のお肉じゃないですか！

――いいのいいの！　どうせお金の使い道もないし、みんなで笑って食べられるならそれが一番いいお金の使い道なんだ！

――マリサさん！　香辛料入れすぎですっ！　それって等量の金と同じ価値なんです！

――いいのいいの！　お鍋は辛い方が美味しいの！　今日は私のオゴリだから大船に乗った感じで！

――マリサさん！　こんなにたくさんお菓子を作って食べきれないです！

――余ったらイヴァンナちゃんにプレゼントということで！

で、そんな感じで本当に料理には全力投球したんだよね。

と、そこへコンコンとノックの音がした。

「はいはーい。開いてますからどうぞー」

それで入ってきたのはルイーズさんだったんだよね。

けど、ルイーズさんは入ってくるなりテーブルの上に並んでいる料理……特にテーブル中央の巨大ケーキを見るなり顔を真っ赤にして――

「クソがっ！」


開口一番、貴族にあるまじき言葉遣いでの暴言を吐いたんだよね。

それで……ありゃりゃ？　なんでか良く分からないんだけど……ルイーズさんは部屋の片隅で三角座りをして、ボソボソと独り言を呟きながらやさぐれてしまったよ？

うーん、一体全体何があったのかな？　嫌いな料理でもあったのかな？

「おー！　お菓子が一杯なのじゃー！」

続けて入ってきたのはイヴァンナちゃん。

彼女は満面の笑みを浮かべ、入ってくるなり着席して「どれどれ……」と、お菓子に手を伸ばそうとした。

「こら！　乾杯してからじゃないとダメなんだよ！」

「むぐう……」

と、素直に手を引っ込めるイヴァンナちゃん。

今日はシャーロットちゃんとルイーズさんの祝勝会だからね。ツマミ食いは許しません！

で、その時、フー君が部屋のウォークインクローゼットから小さい袋を咥えて持ってきたんだ。

「ほれ、マリサ。イヴァンナ嬢に渡すのじゃろう？」

「あ、そうだねー」

フー君から袋を受け取り、そのまま私はイヴァンナちゃんに差し出したんだ。

「……これはなんじゃ？」

「パジャマだよ。今日はパジャマパーティーもセットだからね」

「うぬ？　ぱじゃま？」

「やっぱりフー君から聞いていた通りだね」

高位吸血鬼っていうのは、寝る時は基本は裸らしいんだ。

正確に言うと、黒のマントだけを身に着けてそれにくるまって棺の中で寝てるらしい。

太陽の光（イヴァンナちゃんは太陽を克服したデイウォーカーだけど）とか神聖魔法での不意打ちとか、睡眠中の危険を呪術結界で防御するのには、それが一番都合がいいって話なんだよね。

ま、理屈は分からないけど。

「ともかく、後で着てみてよ」

「貢物であればありがたく受け取ろう。しかし、そんなことより我は早くお菓子が食べたいのじゃ」

――で。

みんなで乾杯して食事が始まった。

「うーむ……しかし、これだけ色々と並んでいるとどれを食べていいか目移りしてしまうの」

「イヴァンナちゃんの目……というか、瞼がピクピクしてるよ？」

「ん？　ああ、このことか……我は昔からどれを選べば良いか悩むと瞼がピクピクする癖があるのじゃ」

「あ、そうなんだ。だったら、とりあえず全部少しずつ食べればいいんじゃない？」

「なるほど、やはりその手が一番の王道じゃの」

と、イヴァンナちゃんはニカニカという感じで嬉しそうに笑いながら骨付き肉をパクリと一口。

「おお、これは美味いの！」

しかし、お姫様なのにイヴァンナちゃんってば物を食べるときはお行儀悪いんだよね。

見苦しいとかの感じじゃなくて、子供っぽいというか自由というかなんというか……ともかくゴーイングマイウェイな感じだ。

そうして彼女は一通り、テーブルの上のお肉やデザートを少しずつ食べ終えたところで――

「ところでテーブルの上以外からも、甘い匂いがするのじゃが？」

と、イヴァンナちゃんはルイーズさんが鞄に隠し持っていた小袋をひったくって封を開いた。

「これはなんじゃ？」

「パ、パ……パンオブザイヤーですわ」

「ほう、パンオブザイヤーとな？　美味そうではないか！」

パクリとパンの耳で作ったラスクっぽいものを一口。

すると、イヴァンナちゃんの顔に笑顔の花が咲いた。

「美味いのじゃ！」

「え、え、本当に？　マリサさんたちの用意したお菓子の方がよほど上等――」

「豪華な菓子ばかりで飽き飽きしておったのでな、素朴で美味いぞ！　我は気に入ったのじゃ！」

そこでルイーズさんは「はっ」と息を呑んで、その豊満な胸をこれでもかと張り上げた。

「そ、そ、そうですわ！　どうせ豪華なモノが出ると見越して、私は素朴なお菓子を用意したのですわ！　素朴な料理にも精通してこその貴族ですので！」

何だか良く分からないんだけど、ルイーズさんの元気が出たみたいで良かったよ。

それで「どれどれ」とばかりに私とシャーロットちゃんもパクリとパンの耳のラスクを一口。


「「美味しい！」」


「でしょう？　でしょう？」

「うん、美味しいよルイーズさん！」

「ふふ……喜んでいただけたようで何よりですわ！」

「まりさーひめはこのおにくがすきー」

あ、ヒメちゃんとフー君のお皿からお肉がなくなっているね。

慌ててお皿にお肉を入れてあげると、フー君もヒメちゃんもニコニコ笑顔になった。

そうして開幕早々から物凄い勢いで食べていたイヴァンナちゃんは、遂に満腹になったらしく、ポンポンとお腹を小さく二回叩いた。

「ところでマリサ？　さきほどのプレゼントのパジャマなのじゃが、着てみても良いか？」

「お風呂入った後に着るものなんだけど……」

「試着じゃよ試着。我は待ったがきかないタチでの」

「まあ、着たいんだったら着ればいいと思うよ」

と、部屋の奥のウォークインクローゼットを指さしてみる。

ちなみにプレゼントしたのは猫耳フードつきのパジャマだ。

猫の着ぐるみっぽくて、なおかつモフモフしていてすっごく可愛かったので、ひとめぼれで買ってしまったんだよね。

「うむ。それではちょっと着てこようか」

そうしてイヴァンナちゃんは小部屋……というか、ウォークインクローゼットへと向かったんだけど、すぐさまに「うほーーーー」という奇声が聞こえてきた。

そして更にしばらくして、クローゼット内から歌が聞こえてきた。

「ねっこみみじゃっ♪　ねっこみみじゃっ♪　わーれのぱじゃまはねっこみみじゃっ♪」

うん。現場を見なくても状況が手に取るように分かるよ。

とりあえず喜んでくれたようで何よりだ。

「気に入ってくれたみたいで良かったですね、マリサちゃん」

「「ねー」」と、私とシャーロットちゃんはニコニコ笑顔で頷きあった。

そこでイヴァンナちゃんが猫耳フードのパジャマで出てきたんだけど……物凄い興奮した様子で鼻息が荒い。

「マリサ！　我は今後……この服を普段着にしようと思うのじゃ！」

「吸血姫としての威厳が完全に無くなっちゃうから、やめたほうがいいと思うよ」

「威厳が……？　いや、確かにそうかもしれん。しかし、この可愛さは捨てがたいのじゃがのう……」

「むぐぐ」とその場でイヴァンナちゃんは何とも言えない表情を作った。

「ところで、イヴァンナちゃん？　気になってたんだけどさ……この前、私が「仲良くなろう」って差し伸べた手を握ってくれなかったじゃん？」

「ああ、そういうこともあったかもしれんの」

「あれ、ずっと気になってて……さ」

「ああ、深くは考えることはないぞ。我にも色々とあっての」

「色々……？」

「うむ、話せば長くなるのじゃが――」

サイド イヴァンナ

その昔、変わり者の吸血鬼がいました。

冷たい大理石と、やはり無機質な貴金属で彩られ、光届かぬ暗い闇の底にある地下の宮。

そんな場所で、王である真祖の吸血鬼の娘として生まれ育ち、孤高に強くあれと育てられた鬼がいました。

群れをつくらず、孤高を愛する吸血鬼の一族の中で、孤独を……孤独と感じ、あるいは、変わり者は孤高を退屈と認識してしまったのです。

齢《よわい》五十を超え、吸血鬼の中での絶対強者である条件――太陽を克服し、デイウォーカーとして認められた彼女は世界を見聞する旅に出ることにしました。

そして見回る外の世界。

食べ物の一つ一つ、祭りや賑わいの一つ一つが彼女の心を躍らせ、見える世界に彩を与えました。

昼間の太陽はやはり苦手でしたが、退屈という言葉が彼女の心の中から消えるのに、さほどの時間はかかりませんでした。

しかし、吸血鬼の姫には悩みがあったのです。

孤独が嫌いな彼女のこと、人間と仲良くなりたいのに、口の牙を見せると、誰しもが驚いて彼女から遠ざかってしまいます。

人間と吸血鬼が停戦してから、当時はまだ日が浅く、吸血鬼といえば魔物扱いの時世――それは仕方のなかったことなのかもしれません。


――そんな旅の途中。


吸血鬼の姫は一人の……生意気な少女と出会うことになりました。

「ちょっとアンタ……初対面なのに『我をもてなせい！』なんて何様のつもり？」

初対面の相手に対する自分の態度を完全に棚に上げて、その尊大な態度に閉口した姫は、少女を驚かそうとして口の中の牙を見せることにしました。

が、少女は動じません。

「だって、私は魔物使いだもの。子供の時から魔物は見慣れているわ」

自分を魔物扱いする少女に、姫はイラっとしましたが……しかし、不思議と嫌な気持ちはしませんでした。

そして、吸血鬼の姫は思うのです。

——あるいは、この人間であれば私を孤独から解放してくれるかも……友達になれるかも……と。

一緒に旅を続けること七十年の月日が経ちました。

至高の魔物使いと呼ばれるようになった少女は老婆となり、吸血鬼の姫は変わらず少女のままでした。

冒険者を引退し、余生を過ごす彼女たちの住む村は魔物が寄り付かない村として栄えることになりました。もちろん、彼女たちが人間のために魔物よけのために尽力していたからです。

そして……衰弱し、老婆となってしまった少女に、吸血鬼の姫は問いかけます。

「我は……お主がいなくてもこのまま村の人間と……変わらずに仲の良いままでいられるじゃろうか？」

「大丈夫、イヴァンナならできるよ。でも、少し……工夫が必要かな？」

「うむ、工夫……とな？」

「人間の心理についてイヴァンナは知らないことが多すぎるんだ。純粋無垢なだけじゃ利用されて終わっちゃうよ?」

「……利用?」

「うん、手紙を残しておくから、私が死んだら……遺言代わりにちゃんと言うことを聞いてほしい」

その日から数えて六十五日、老婆は天に召されました。

大往生……天寿を全うしたのです。

そうして吸血鬼の姫は老婆の言いつけ通り、彼女の残した手紙の封を切りました。


――イヴァンナは純粋無垢。私は貴女のことが心配です。

――人間にはいろんな人がいます。貴女のことを好きになってくれる人もいるかもしれないし、嫌いになるかもしれない人もいます。

――人間と交わることは悪いことではありません。ですが、その前に人間という種族をきちんと知ってもらいたいのです。

――貴女の力は強大です。必ず、貴女を利用しようとする人間が出てきます。

――私は貴女に辛い思いをしてもらいたくない。だから、私の書き記したことを良く読んで、今から私が書いた通りに生きてほしいのです。

――騙される側に、利用される側になってはいけません。むしろ、その逆なのです。仲良くなると、必ず……人間は油断します。

——そして人間は……油断すると隙ができるのです。

——イヴァンナよ……人のスキをつけ……っ！

——欲望飽和するとき人間の注意力は脆くも飛散する……っ！

——そこを……撃てっ……！


「イ、イ、イヴァンナちゃん！　さ、さ、最後！　手紙の最後！　な、な、なんか……『ざわざわ……っ』って感じがするよっ！」

「まあ、スキをつけというのは冗談じゃよ。遺言なのでそのまま伝えるのもどうかと思ってな。まあ、要はちゃんとスキと時間をかけて人間を観察し、付き合う相手を選べと……書いてあった」

「お、お、驚いちゃったよ。で、それからどうなったの？」

「うむ。それから我は村の守り神として……二百年ほどかの、辺境の彼の地で平和に過ごしておった。じゃが——」

「何かあったの？」

我はフルフルと首を左右に振った。

「人は死に、子を産み、子孫を作る。その村は長らく魔物の被害もなく……いつしか、最初に魔物を排除した原因であった我ら——魔物使いの一派の存在は忘れ去られてしまった。最初は魔物を寄せ付けぬ我のご利益に感謝喝采だったのじゃが……我の住む館にはいつしか人も訪れなくなった。まあ、平和が当たり前になってしまうと……どうにもいかんの」

「……それで？」

「そこから、百年も屋敷に一人で、魔物使い……アルマを想い過ごすうちに気づいたのじゃ。何故、吸血鬼は孤独を愛するのか。何故、吸血鬼は孤高にあるのか。何のことはない――それは、自分が傷つきたくないだけじゃ。長命種の必然である別れと出会い。その悲しみの輪から自らを遠ざけたい――ただそれだけのことだったのじゃよ」

サイド マリサ

「ただそれだけのことだったのじゃよ」

悲しげな表情でイヴァンナちゃんは言葉を続ける。

「人は生まれ、そしてすぐに死ぬ。それが種族の違い、吸血鬼と人との壁じゃ。故に――我は他の種族と交わることをやめにしたのじゃ」

「でも……」と、私はイヴァンナちゃんに問いかけてみた。

「こんな話をするなんて、まるで私たちって友達みたいじゃない？」

「友達ではない。そこまで慣れ慣れしくした覚えもないし……しかし、まあ、我はお主の前では饒舌かもしれんな」

イヴァンナちゃんは寂し気に否定はしたけれど。

普段は楽し気に笑いあっているし、私たちはもう十分に友達だと思うんだけどな……と、私は苦笑いを浮かべた。

けれど、まあ……そっかー。そんなことが昔にあったんだね。

でも、自分が傷つきたくないからって……傷ついてしまうくらいなら、最初から誰かを遠ざけるって、それってとっても寂しいことなんじゃないかな？

「とりあえず……今度のクッキーは気合を入れて作ってみるね」

「うむ。殊勝な心掛けじゃの」

「それと……友達になろうよ」

素直な気持ちとしてそんな言葉が出た。

それを聞いてイヴァンナちゃんは困ったような表情を作る。

「アホじゃのうお主は……それが嫌じゃと言っておる」

「まあ、そうなるよね」

「……じゃが、ありがとう……気持ちだけ受け取っておこう」

んー。

でも、やっぱりもう私たちは既に友達な気がするんだけどさ。

と、まあ――。

そんなこんなで、食事会は終わったのだった。


その日の晩――。

私とシャーロットちゃんのベッドを隣どうしにくっつけて、キングサイズの一つのベッドみたいな感じにしたんだよね。

そんでもって、枕投げとかをやってはしゃいでから、みんなで夜遅くまでお菓子を食べてガールズトークに花を咲かせた訳さ。

そうして、誰からともなく眠気で落ちて行って、最後に残った私も気が付けばって感じで眠りについたんだけど――。

「ね、ね、寝相が……」

夜中にトイレで目を覚ました私は絶句した。

「イヴァンナちゃん……っ!?」

あまりの光景に私はフー君をトントンと叩いて起こしてみた。

すると寝《ね》ぼけ眼《まなこ》のフー君は「これはっ！」とばかりに大きく大きく目を見開いた。

「イヴァンナ嬢……この寝相は……ファ、ファ……ファラオみたいじゃ！」

なんていうか、凄く美しかった。

猫耳フードのパジャマで、気品漂う凛とした表情。

胸の前で腕をクロスさせ、すやすやと小さく寝息を立て、寝がえりどころか微動だにしない。

神々しさすら感じるその寝姿は、正に夜の王者にふさわしい佇まいだった。

「凄い……流石はお姫様だね」

その時、イヴァンナちゃんは「むにゃむにゃ」と小さな寝言を発した。

そうして彼女は大きく息を吸い込んで――

「ねっこみみじゃ！　ねっこみみじゃ！　にゃんにゃんパジャマはねっこみみじゃ！」


いや、喜んでくれてるのは嬉しいけれど、気品漂う寝相が台無しだよ。

顔もニヤけて崩れちゃってるし。

「で、シャーロットちゃんは……こりゃ酷いね。普段からは想像もつかない感じだよ」

パジャマがめくれあがっておへソが見えちゃってるし……まあ、でも寝顔は可愛いよね。

そのまま私は立ち上がり、部屋のトイレへと向かう。

「ルイーズさんは……何でトイレのドアの前で寝てるんだろうか？」

寝相が悪いとかではなく、夢遊病としか説明のできない状況だった。

契約しているらしい魔神の関係で色々とあるんだろうか……と、私は深くため息をついた。

「しかし、みんな……かなり個性的な寝方だよね」

「っていうかマリサの寝相も大概じゃからな」

「え？　どういうこと？」

「強いて言うなら……イヴァンナ嬢のタイプかの？」

「え？　え？　本当にどういうことなの？」

「教えてやらん」

もう、フー君は意地悪だね！　ってか、私の寝相ってそんなにヤバいの!?

で、お花を摘んだ私は残念な感じになっているみんなを横目にベッドに入ったのだった。

chapter 4

冒険王と真紅の宝珠

と、まあ――そんなこんなで。

迷宮攻略の前にギルドの受付だ。

前回と同じく、ギルド長さんが直々に受付に立つものだから、他の冒険者さんたちはドン引きな感じで遠巻きに私のことを見ている。

ああ、このままじゃまた変な噂が立っちゃうよ……と、私は溜息をついた。

それは良しとして、今、魔法学院に向かう前に、私はギルド長さんにこれまでの経過報告をしているんだよね。

で、一連の報告を受けたギルド長さんは苦虫を噛み潰したような顔をした。

「シャーロットやルイーズが謎のパワーアップを果たし、吸血姫までやってくるか……うんうん、そういうこともあるよな、ありがちだよなーって、なんでそうなるんだよ！」

綺麗なノリツッコミだった。

あまりにも綺麗なノリツッコミだったからかどうかは別として、ヒメちゃんが「うんうんあるあるー」と訳も分からずに何だか嬉しそうだ。

「いや、成り行きで……」

「まあ、ある程度ははっちゃけろと俺も言ったから、これ以上は言わんが……と、そんなことよりマリサ、ちょっと面倒なことになった」

「面倒なこと？」

「この前、Aランク冒険者のパーティーがいただろ？　東方から流れてきた女が率いていたやつらだ」

「えーっと、確か千里眼のキクリさん？」

「そう、それだ。そいつが中央の方で……ちょっと口を滑らしたみたいでな。本人は、問い詰められてもお前については最初は固く口を閉ざしていたんだが、相手が相手だから……まあ、責めないでやってくれ」

「と、おっしゃいますと？」

「冒険王がお前に興味を持った。前回のSランク冒険者たちを倒したというお前に……な」

な、なんですと!?

冒険王といえば、確かアイリーンさんのお爺さんがそういう感じのポジションに勝手にされてた奴だよね!?

アイリーンさんのお爺さん……は置いといて、ともかく、冒険王というのはとんでもなく凄腕《すごうで》の冒険者さんのことだったはずだ。

「き、き、きょ、興味を持ったってどういうことなんですか？　ひょっとして後日に模擬戦とか、あるいは王都まで来て面倒な魔物を退治してくれとかそういう話ですか？」

「いや、違う」

その言葉で私はほっとした。

いや、正直な話、私は友達感覚でみんなと一緒にわいわいやりたいだけだからね。

Sランク冒険者とか、冒険王とか……そういうガチ勢とお近づきになって、そっち系のルートに乗せられるのは勘弁願いたい。

人生の最終目的はこのままお嫁さんになって、そんでもって――


――可愛いお婆ちゃんになることなんだ！


たくさんのモフモフに囲まれて、森の小屋でたまにやってくる孫やお友達相手にクッキーをふるまって……ふふ、考えるだけでほっこりしてくるよね。

「それじゃあ、冒険王さんっていうのが興味を持ったっていうのは？　面倒なことは嫌ですよ？　模擬戦とか呼び出しは絶対に嫌ですよ？」

「ああ、模擬戦でもなければ、王都への呼び出してもない。ただな……」

「ただ？」

そうしてギルド長さんは受付ロビーに座っている強面《こわもて》の男の人を指さした。

「もう、来てるんだ」

「……そうですか。もう……来ちゃってるんですか」

まあ、そんな感じで――。

こちらを見て、ニコニコと豪快に笑っている強面の男の人と、今にも頭を抱えそうになっているギルド長さんを見て、私は全てを察したのだった。


『この国の現役最強冒険者なので失礼のないように』

ギルド長さんにそんな感じに言い渡されて、私は冒険王さんに同行することになった。

何で冒険王さんがここに来たかっていうと、私と一緒に行きたい迷宮があるってことだったんだよね。

しかも、そこが……研修の最後の締めくくりに使われる迷宮っていうんだから、世の中には偶然ってこともあるもんだよねー。

と、そんなんなで、私はギルドから外に出ると同時に冒険王さんに深々と頭を下げた。

「ご指導お願いします！」

私の突然の要求に冒険王さんは「はてな」と首を傾げる。

「指導？」

「実は私は今、自分の力のなさを痛感していまして……それで最近は武道の練習とかもしているんです。ちょっと前まで本当にてんで素人で……」

「おい、そういうことはあんまり言わんほうがいいぞ」

人差し指を口にあてて「しっ」と冒険王さんは真剣な表情を作った。

「ギルド長と俺は、昔からの酒飲み仲間でな。あいつが帝都で切り込み隊長をやっていたころに、当時の俺のパーティーに何度も誘ったんだが……」

「やっぱりギルド長さんって凄かったんですね」

「ああ、凄いなんてもんじゃねえぞ……と、それはいいとして、そういうことはベラベラ喋っちゃダメだぞ」

「と、おっしゃいますと？」

「俺をギルド長が信頼してくれているという前提で聞いた話だが、覚醒者とかそういうことは自分から言うもんじゃない。たとえ、もうバレバレだったとしてもだ」

「え？　覚醒者なんて、そんなこと一言も言ってませんけど？」

「バカ、どこの世界にSランク冒険者をボコボコにする武道の初心者がいるんだよ」

あ、しまった！

確かに言われてみりゃその通りだよ。自分で素人だとか言ったら余計怪しくなっちゃうか。

「ふふ、マリサは本当に抜けておるのう」

「うっさいよフー君！」

「ところでソレはなんだ？　尋常な魔獣じゃねえだろ」

流石は冒険王さんだ。

どこからどう見ても可愛いワンちゃんでしかないフー君を、一目で強力な魔獣だと見抜いたみたいだね。

「はは、ええと……お察しの通りに神狼です」

「ひめもいるーおいたんこんにちはー」

ありゃ、ヒメちゃんも服のお腹から出てきたよ。

「ベヒーモス……はは、本当に聞いていた通りの規格外だな。で、武道の話か？」

「ええ、ここ最近、力の使い方を私なりに学んでいるんです」

「ああ、それはいいことだな。どれだけ前世なりの力を持っていたとしても、力を使いこなせなくちゃ宝の持ち腐れだ」

「はい。本当にそう思います。それで修行をしているんですけど、おかげさまでこの前、ようやく闘気なしの筋力で岩をデコピンで破壊できるように――」

「オイコラちょっと待て」

「はい？」

しばし何かを考えて、呆れた表情で冒険王さんは「こりゃあギルド長が苦労する訳だ」と肩をすくめた。

「いや、何でもねえよ。と、それはさておきお前と向かっている迷宮……ギルド長が言ってたんだが、お前が過去に行ったことがあるってのは本当か？」

「あ、はい。ありますよ。今回、魔法学院の人たちが言っていた最終階層までは行ったことはないですけど……まあ二階層ですね」

「でも、どうしてそんなところに？　あそこは浅い階層はダンジョン資源も掘りつくされて、素材をはぎ取る魔物も狩り尽くされてあまりいない。冒険者としての旨味はほとんどないだろう？」

「ああ、そのことですが……いや、何か二階層の最深部に、何をやっても抜けない錆びた小汚い剣が……岩に刺さってるみたいな話があってですね」

と、その時――強風が吹いてきた。

「そう、その剣な。実はそれは伝説の聖剣で、選ばれし古代の魂を持つ者しか抜けないって話で……話を聞いたとき、お前なら抜けるんじゃないかなーって、もしも抜ければ国宝級の遺物を持ち帰る歴史的快挙だ。そういう理由で俺はお前に会いにきたんだ」

ん？　風の音で、ほとんど話が聞き取れなかったね。

「で、お前はどうして二階層に行ったんだ？」

「あ、はい。岩に錆びた小汚い剣が刺さってるなら、じゃあ抜いちゃおっかって。フー君と……そういう話になりまして」

「……抜いたの？」

「はい、抜きました。なんていうか……そういうノリになったので」

「……ノリで抜いたの？」

「はい。抜きました。で、あまりにも錆びて汚い剣だったので、宿に置いておくのもアレだし、どうしようかって話になって……売りました」

「売ったの⁉　売っちゃったの⁉」

「いや、売ったのは剣の柄《つか》についてる装飾とかだけですよ？　比較的綺麗だったので！」

「そういう問題じゃなくてだな！　で、その剣はどうしたんだ？」

「ああ、近くに鍛冶屋さんがいましてね」

「か、か、鍛冶屋？」

物凄く嫌な予感がする……という風に冒険王さんはゴクリと息を呑んだ。

「はい。一人で生きていくためには色々と技術を取得しておいた方がいいと思うんですよね。私ってばハンドメイキングとか趣味ですし。金属なら精霊魔法で溶かせますしね」

「えーっと……すまん、話が読めん」

「はい、つまりは、たまに金属細工を近くの鍛冶屋さんに習っているんです」

「……まさかとは思うが……加工しちゃったの？」

「はい。溶かして加工しました」

「えええぇ！　剣……溶かしちゃったのっ!?」

「はい、溶かしました。それはもう、なんていうかこう……念入りに！」

「念入りにやっちゃったんだっ!?」

「はい、首輪に丁度良かったんですよねー」

と、そこで肩の上に乗っているフー君は誇らしげに胸を張る。

「うむ、これはお気に入りなのじゃ。何故か防御魔法やら攻撃力アップの魔法やらも乗っておるしの！」

「何故かじゃなくて必然なんだがなっ！」

「オマケに伸縮自在で巨大化しても首輪として不自由せんぞ！」

「ああ……そんな効果まである超金属でできていたんだ……」

脱力して今にも倒れそうな感じの冒険王さんに、私とフー君は「はてな」と顔を見合わせて小首を傾げる。

「あと、コレにも加工しました」

と、私はアイテムボックスを取り出した。

「もはやアイテムボックス程度には俺はツッコミは入れんからな。で、何なんだよ？」

「これです」

じゃんじゃじゃーんとばかりに、私はお手製の板をフー君とヒメちゃんの前に差し出した。

「爪研ぎ……？」

「この子たち、普通の爪研ぎだとすぐに壊しちゃうんですよね」

「そりゃあまあ、神狼とベヒーモスだからな」

「だから、金属製だったら大丈夫かなーとか思いまして。ちょっとこう、ヤスリっぽくいい感じに加工するの難しかったんですけど」

「すげえな……伝説の……聖なる爪研ぎ……かよ……」

「しかしマリサ、何故だか知らんがこの爪研ぎを使うとじゃな、攻撃力アップの魔法やら防御力アップの魔法がかけられたような気がするのじゃ」

「はは、フー君。それは気のせいだよー」

「……まず間違いなく……気のせいじゃないぞ」

で、ヒメちゃんは爪研ぎで爪を研ぎ始めたんだけど、すぐにくたり……というか、ふにゃふにゃな状態になった。

「まりさーきもちーひめきもちーよ」

本当に不思議なんだけど、この爪研ぎで爪を研ぐとフー君もヒメちゃんも、すぐにふにゃふにゃになるんだよね。

なんていうかこう、猫がマタタビを舐めた時みたいな感じに。

「アレ？　フー君は爪を研がないの？」

「わ、我、我は魔獣の王じゃ。マリサの前ではともかく、人にふにゃふにゃな姿を見せるわけには……」

と、フー君は言葉を言い終えぬうちに理性が本能に負けたらしく、爪を研ぎ始めた。

どうにも、やっぱり猫にマタタビみたいな感じでこの子たちはこの爪研ぎが大好きなのだ。

「ふわあ……ああ……」

あられもない声でフー君が悶えている。

それで、すぐにくしゃっとなって、ふにゃふにゃになっていく。

「効くん……じゃよ……なあコレ……ふにゃあ……」

「いや、そりゃあ魔獣には聖剣は効くだろうよ。効果テキメンだろうよ」

聖剣？　と、まあ、それはさておき。

「……このような痴態を見られ……恥ずかしいのじゃ」

フー君は恥ずかしくなったのか、襟首から私の服の中に入っていった。

と、その時——

――マリサ？

ん？　どったの、前世さん？

――ワガママを言うバブ。

ワガママ？　聞ける話だったら全然聞いてあげるけど、前世さんが何か要望を出すって珍しいしね。

――私の目的は強者と戦うことバブ。そのために転生してきたバブ。

うん、確かそういう話だったよね。

――私はこの男と戦いたいバブ。

うんうん、お安い御用だよ……って、ええええ！

なんか、前世さんのスイッチ入っちゃってるみたいだよ！

と、まあそんなこんなで森の中の岩肌の洞窟――迷宮の入り口についた。

ちなみに、前世さんの要望は迷宮をクリアーして一段落してから、冒険王さんに模擬戦をお願いするということで話はついた。

◆

で、一階層の安全なところをちょろっと見学する他の研修生とは違って、未踏破領域へアタックする突入メンバーは厳選されたチームとなる。

ギルド側は私とシャーロットちゃん、そしてルイーズさん……と、冒険王さん。

魔法学院側は教員のブラッドフォードさんと、神童のパシフィックさんの二人だね。

「おい、マリサ代表？」

「はい、なんでしょうかブラッドフォードさん？」

「俺が聞いていたのはギルドの新人の研修って話だぞ？　ベテラン冒険者を呼ぶなんてどういう了見だ？」

「えーっと……話せば長くなるんですけど……」

「それとも何か？　このオッサンはこんな年齢なのに新米冒険者って訳か？」

何がおかしいのか、自分の言葉がブラッドフォードさんのツボに入ったようだ。

ゲラゲラと笑いながら冒険王さんの肩にポンと手を置いた。

「はは、新米……オッサンなのに新米って……ま、ま、まあ実際はそんなことではないんだろうが……」

「……」

あ、冒険王さんのコメカミに青筋が……。

『それくらいにしておいたほうが』と止めようとしたところで、ブラッドフォードさんは私を睨みつけてきた。

「ともかく、一芸試験の合格を認めるには未踏破階層を制覇することが絶対条件だ。ベテラン冒険者の同行は認めん！」

「それとも――」と、ブラッドフォードさんは冒険王さんに視線を向けて、馬鹿にするようにニタリと笑った。

「本当にこのオッサンが新米冒険者ってんなら話は別だが？」

そこで冒険王さんはブラッドフォードさんの胸倉を掴んだ。

「えっ？」

で、思い切り天に向かって片手を突き上げたんだ。

「お、お、おおおおおっ!?」

手足をバタバタとさせるもんだから……服の襟首を巻き込んで、締め技みたいな感じになっちゃってるね。

頚動脈からの血流を止められたブラッドフォードさんは見る間に顔を青くして、すぐに失神しそうになった。

そこで冒険王さんが掴んだ胸倉の力をゆるめて、軽く頭突きをすると同時にブラッドフォードさんは吹っ飛んでいったんだ。

「お、お、おま、なんだおまえっ！」

「冒険王――不動明王のザッシュといえば俺のことだ」

瞬時にブラッドフォードさんはその場でフリーズし、「あわわ……」とばかりに口をパクパクとさせる。

「俺はただの見学だ。人死にが出そうなら、人道的観点からお前らの警護もしてやるさ。ギルド側が俺に助けられた場合は……試験とやらはアウトでいい。で――それで何か文句はあるか？」

ブンブンと首を左右に振ってブラッドフォードさんは「冒険王が何でこんなところに……」と、ただただ茫然としていたのだった。

「さー、頑張っていこうー！」

とりあえずサクっと岩の洞窟の二階層までクリアーして、今は四階層だね。

ここを超えて階層を超える階段を上がれば……次の五階層からが本番の未踏破階層だ。

「しかし、貴女は緊張感がないのですね」

と、パシフィックさんが苦笑いで言ってきた。

ブラッドフォードさんはさっきから一言も口を利かない感じ……というか、こっちから話しかけたらあからさまに「ビクっ」って感じでオドオドとしている状態だ。

いや、失礼しちゃうねって感じなんだけど、これは冒険王さんがやりすぎちゃったので仕方ないところもあるのかもしれない。

「まあ、気楽にいくのが信条なので」

「うん、まあ……楽しそうなのでそれでいいと思いますよ」

「ところでパシフィックさん？　この四階層は迷路って聞いたんですが？」

「ええ、事実として迷路ですよ。前の階層からの階段を上がって、すぐに道が二手に分かれます。正しい道を歩いて……ゴールまでは五時間というところでしょうか」

「五時間ってのは大概ですね」

「しかし、意地悪なことに……今の階段を上がった直後のこの場所の……あそこの壁の向こう側がゴールなんですよね」

「へー。この壁の向こう側……か」

コンコンと叩いてみると、音の響きとか手ごたえとかで……なんとなく、そんなに厚い壁じゃないことは分かった。

「これなら……」

と、私が拳を握ったところで、パシフィックさんは首を左右に振った。

「貴女が壁を殴って破壊というのはナシですよ。私とブラッドフォード先生は一芸試験の証言人でもありますので」

ああ、そうなのかー。

でも、正直な話、五時間も歩くのは面倒だよね。

と、そこで私はポンと掌をたたいた。

「シャーロットちゃん？」

「はい、なんですかマリサちゃん？」

「壁を切ってみてよ、全力で」

シャーロットちゃんの剣の鞘を握って、付与魔法を書き換える。

今回は睡眠とか殺傷能力の低下系は全部解除して、切れ味特化型だ。

シャーロットちゃんは「いや、私の腕じゃ無理だと思いますよ？」と不承不承ながらに了承した。

そうしてシャーロットちゃんは大上段に剣を構えて、気合と共に打ち下ろし一閃。

「嘘……？　切れたん……です？」

そのまま続けざまにシュオンシュオンシュオンと風切り音が三回。

最後に手で押すと、壁が綺麗にズリ落ちて向こう側に通じる窓っぽい通路ができあがったのだ。

それを見ていたブラッドフォードさんは口をあんぐりと開いて、冒険王さんは「うん」と頷いた。

「な、な、何だその剣は!?　そんな剣……デタラメだぞ！」

ブラッドフォードさんの問いかけにシャーロットちゃんは正直にこう答えた。

「魔法付与した剣ですけど？」

「魔法付与……？」

「いや、それは……魔法付与なんていうレベルじゃない……そんな付与剣があったら古代のアーティファクト級だぞ？　どこでそんな剣を手に入れた？　ともかく俺は認めんからな！　付与魔法剣の力だけで一芸だなんて……認めん！」

ってことは、今の芸当だけで一芸に認定されるレベルなんだろうね。

そこで冒険王さんがシャーロットちゃんの肩をポンと叩いた。

「剣だけじゃねえよ。この娘の腕は確かだ。これほど見事な岩切りの太刀筋を見たのは……こいつの父ちゃん以来だぜ」

そうして冒険王さんはガハハと笑った。

「おいブラッドフォードさんよ……昔にギルド長と色々とあったのは人づてに聞いてるが、そろそろ意固地になるのはやめたらどうだ？」

言葉を受けて、ブラッドフォードさんはしばし何かを考えると、諦めたように肩をすくめた。

「そうですね冒険王。当時は散々泣かされましたが……今となってはその全ての経験が戦場で生き残るために必要だったというのが分かります。もう私も素直に認めましょう。おい、マリサ代表にほかの二人？」

「な、何でしょうか？」

「マリサ代表の単独の力でも構わん。最終階層をクリアーしさえすれば合格だ。二人の実力なら前回の模擬戦で既に十分に見させてもらっているしな」

「ど、どうしたんですか突然に!?」

「暁の銀翼——お前たちは規格外だ。冒険王まで出されちゃあ、もう笑うしかねえ。やってられんよ」

そう言うとブラッドフォードさんは私たちに向けて、肩をすくめながら初めて笑顔を向けてくれたんだ。

「あ、ありがとうございます！」

「ただし、最終階層までは踏破してもらうからな。本当に一芸認定試験は色々とややこしいんだよ」

そうして私たちは、シャーロットちゃんが作った通路から壁の向こう側に渡ったんだけど――

「我も同行させてもらうぞ」

壁の向こう側にはイヴァンナちゃんが立っていた。

「イ、イヴァンナちゃんがどうしてここにっ!?」

「知らんかったのか？　ギルドや魔法学院から我は既に連絡を受けておるのじゃが……つまり、ここから先、迷宮は我の生まれ育った住処――アンデッドの宮となる」

◆

「しかし、洞窟の中でベッドと豪華ディナーにありつけるとはな」

と、冒険王さんが言った言葉に私も完全に同意する。

四階層は洞窟の中にある巨大な宮殿みたいな感じで、完全にこれまでの道のりとは異世界だったんだよね。

元々、ここは真祖の吸血鬼であるイヴァンナちゃんのお父さんが住んでいたところらしい。

今は誰も住んでいないんだけど、かつてのお父さんの部下であるシャドウとかの影の魔物を筆頭に、闇の眷属たちが掃除なんかをしてるらしいんだ。

たまにイヴァンナちゃんが帰ってきた時のことを想定して、食材も備蓄されていて……まあ、おかげさまで豪勢なお肉料理に舌鼓《したつづみ》を打っているというのが現況だ。

「しかし、ルイーズさんは本当に良く食べるんですね」

「うん。私よりも食べてるね」

私とシャーロットちゃんの視線を受け、明らかに狼狽した感じでルイーズさんは言い放った。

「き、き、貴族たるもの、出された料理は極力残すなと教育を受けておりますので。け、け、決してここ最近は研修の関係でバイトに行けないからロクに何も食べていないとか、そういう理由ではありませんので！」

いや、お貴族様がアルバイトとか、そんなファンタジーなことは思ってないけどね。

でも、さっきからどうしてルイーズさんはコソコソと……誰も見ていないタイミングを見計らって木箱に肉料理を包んでいるんだろう。持って帰るつもり……いや、まさかね。

「と、そんな訳で今日はここに泊まっていくが良い。礼儀知らずの冒険者のように勝手に押し通るならば我が眷属は攻撃するが、ちゃんと我に話を通せば素通りさせるのでな」

「ありがとうイヴァンナちゃん。でも、話を通せば毎回こんな風に接待してくれるの？」

「いいや、マリサには色々と良くしてもらっておるからの。普段であれば使い魔を通した通信のみで冒険者を素通りさせる。直々に我が出迎えたりはせんよ」

と、それはさておき……お腹が一杯になったら、なんだか急に眠くなってきたよ。

部屋も用意されているし、お風呂もあるみたいだし……今日のところはさっさと寝ようかな。

しかし、ベッドがあるって……野営前提で考えていたから、本当にありがたいことだよね。

サイド　冒険王

「やけに寝るのが早いと思ったが……どういう了見だ？」

吸血姫に用意されたベッド……薄気味悪くて警戒を解かずに置いたのが正解だった。

とはいえ、寝枕に立たれるまで気づかなかったってのは、ちょっと不用心に過ぎるがな。

瞬時に起き上がり、枕元の剣を手に取る。

そのまま後方に跳躍して少女――マリサと距離を取る。

「で、どういう了見だ？」

「単純な話……どちらが強いか……ということバブ」

バブ？

どういうことだ？　と、マリサを凝視すると、明らかに普段とは雰囲気が違う。

「なるほど、おっかない方のお出ましってことか。しかし……バブとは？」

「ん、いかんバブ……。いや、ダメですね。どうにも——この体で最初に意識があった時からの癖でして」

「何故、このタイミングで仕掛けてきた？」

「この世界に生まれ、初めて出会った強者。これほどの美食を前に……黙っていることなどできはしないでしょう？」

「こりゃあ光栄なお言葉をありがとう」

ベッドを挟んで睨み合う。

ビリビリと感じる破滅的な圧に、背中に嫌な汗が流れる。

距離差は六メートルというところ、そして……少しでも気を抜けば、瞬時に呑まれそうなほどの威圧の覇気——。

「いやはや……本当にとんでもねえな」

「さあ、剣を抜いてください。どちらが強く、どちらが弱いか——私と貴方は……そういうことにしか興味のない人種でしょう？」

「ああ、その通りだ」

薄暗い部屋の中——鞘から抜いた俺の神剣：バルムンクがキラリと光る。

「業物ですね」

「ああ、自慢じゃねえがカイザードラゴンを斬ったときも刃こぼれ一つしなかったよ」

そうして、マリサはこちらに向けて素手で構えた。

——拳法の類？


一応、構えはサマにはなっているが……微かな違和感を感じる。

こいつ……と、舌打ちするが、それはいい。

仕掛けてきたからには、俺はそんなことは知ったこっちゃない。

「殺す気はないが……不可抗力ということはある。死んでも恨み言は言うなよ？」

「同じ言葉をそのまま返しておきましょうか」

一呼吸。

ただそれだけで間合いを詰め、互いに必殺の一撃を入れられることは、互いに理解している。

ここが外ならば、風、あるいは日差しの若干の変化……気勢の揺らぎを見せた方がつけこまれ、それが開戦の合図となる。

が、ここは部屋の中だ。

このままお見合いを続けるにしても……達人同士のこの領域で、相手の集中力がすぐに揺らぐことなんて有り得ない。

数十分？　数時間？　あるいは数日？

ははは、短気な俺からすると、ゾっとしねえな。

が、向こうもこっちも隙を見せる気なんてサラサラない。なら、どうするか――


――こうするっ！


「フっ！」

魔法付与で硬質化させた唾を、マリサの目に向けて吐き出した。

東方の暗殺者が不意打ちによく使う手だが、俺の十八番でもある。

無手勝流と揶揄《やゆ》される俺の剣術だが、高尚な連中を相手にするときほど、こういう――原始的なのがよく効くんだよな。

唾を吐くと同時に跳躍し、ベッドを飛び越えバルムンクを大上段から仕掛けた。


――さあ、どうする？


唾をよければ剣は回避できない――同時によけられるほど、俺の剣はそこまで甘くねえ。

そして唾を受ければ目潰しを受け、例え剣の初撃は躱《かわ》せたとしても二の太刀には対処できない。

どちらに転んでも死神の道先案内は決まっているし、事実として多くの強者がこれで沈んできた。

そして、マリサは唾を右目に受け、俺の上段撃ち落としをよけた。

なるほど、そちらの敗北を選んだか。

目潰しの効果を最大限に利用するため、マリサの右目の方に体躯を移動させる。

続けざま、完全な死角から、マリサの脇腹に向けて剣を横薙ぎに繰り出した。

「ガッ……ハッ……」

そして、倒れていたのは——俺だった。

横薙ぎの剣を躱されると同時、マリサの左フックが俺の脇腹に突き刺さったんだ。

「何故……見えたんだ？」

「瞳の機能はつぶされました。一瞬だけね」

「一瞬……だと？」

「自己修復……まあ、ただの回復魔法です。どうやら三千年前に失われた技のようですが……ね」

「はは……ははは、これは一本取られたな。しかし、聖女よ」

「聖女？」

「回復魔法を使えるのは、神代の時代の聖女と相場が決まってるだろうに」

「……まあ、そうかもしれませんね」

「武人として問いたい。お前は……何もんだ？　ワケのわからん奴にやられたとなっちゃあ、収まりもつかないもんでな」

そうしてマリサはしばし考えて自嘲気味に笑った。

「——私は……貴方の言うところの聖女と——そして武神に育てられた孫娘です」

「なるほど……な。御伽噺《おとぎばなし》の世界が相手なら……敗北も納得だ」

「久しぶりに本気を出せました。私が転生したのは強者を求めるためです。神魔戦争が起きた直後、私が生まれた時代の強者のほとんどは傷つき戦う力を失い、あるいは封印されていました……磨き上げたこの力を振るう場所がなかったので……礼を言います」

と、そこで俺はマリサに尋ねた。

「……違うだろ、満足してねえだろ？」

「……何故そう思うのでしょうか？」

驚いたという風にそう言うマリサに、俺は馬鹿にするなと苛立ちを覚える。

「お前さんの目的は『ギリギリの闘争』なんだろう？」

「はい、如何《いか》にも……ね」

「だったら、剣士のお前が……どうして素手なんだよ？」

「……」

「……」

互いに見つめ合い、そしてマリサは悲しげにまつ毛を伏せる。

理由を言わなかったのは、俺の武を少しでも認めてくれた上での敬意なのだろう。

剣を持ってしまえば、相手にならないと……それを言ったら俺がどれほど傷つくかをマリサは分かっている。

が、表のマリサも裏のマリサも、アホには変わらないのは間違いないみたいだな。

そんなことは……口に出さなくてもこっちは十分に分かってるってなもんだ。

「で、どうするんだ？」

「どうするとは？」

「十六歳になれば覚醒者は前世に意識を奪われるのが相場だ。ギルド長も心配してんだよ」

「最初は——そのつもりでした」

「だった？」

「こうやって、たまにマリサに体を借りることはあるかもしれませんが……今は体を乗っ取るなどと、その気はありません」

「……信用できん。しかし、お前を止めることを俺にはできん。ただ……もしも意識を乗っ取って、今のマリサが消え去ってしまえば、お前はいろんな連中を敵にするとだけは言っておく」

ギルド長を始めとして、そして従魔。

いや、それだけでなく……あの連中にも確実に睨まれる。

その意味では、マリサの前世にとっても、今の状態が安全の確保という意味でも都合が良い。

「安心してください。その気はありません。ですが、いや、あるいは……私ではなく他の何かが表に出るやもしれませんがね」

「他の何か？」

「龍言語魔法が少し気がかり……でしてね。おおよその察しはついていますが――いや、まあいいでしょう。こちらの話です」

龍言語魔法だと？

これまたややこしい単語が出てきたが、これ以上……深入りするのは危険だな。

知ってしまえば、戻れなくなるってこともある。

「しかし、お前ほどの武人がどうして……乗っ取りを考えていないんだ？　お前からすれば、ただの小娘の体だろうに？」

「――何故でしょう？　本当のところは私にもよく分からないのです」

そうしてマリサは……武人ではなく少女の笑顔でニカリと笑った。

「でも、面白いですよ。マリサの中にいると」

「面白い……か」

「はい。マリサもマリサの周りも……バカしかいません。本当にバカバカしくて……私には新鮮な日々でして……存外にこの場所が居心地が良いのです」

「――まあ、確かに飽きはしないだろうな」

いや、なんとなく分かる。

うん、分かってしまう。さっき言ってた乗っ取りはしないってのも……かなり疑っていたんだが、理由を聞いて安心した。

おそらく、こいつは本当にそんなことはしない。

何故なら……真面目一辺倒の武道バカが、本物のバカに出会って、生まれて初めて出会った世界で面白おかしく毎日……楽しくやってんだろうからな。

サイド マリサ

「何か体に違和感あるなー」

筋肉痛とか風邪ってのとはちょっと違うんだけど、何か……体が凄くダルい。

昨日、あんまり熟睡できてなかったのかなーとか思うけど、それはさておき。

――いよいよやってきましたよ第五階層。

イヴァンナちゃんのお父さんが住んでいた宮殿を抜けて、階層の終わりの階段を上がって最終階層に辿り着いたってことだね。

「ともかく、ここを一直線に行けば良いのじゃ。一本道なので迷うことはないじゃろ」

「ところで最終階層の踏破条件って何なんですか？」

ブラッドフォードさんに尋ねると「真紅の宝珠《スカーレットオブノスフェラトゥ》を手に入れることだな」という回答があった。

「と、いうことでここから先は暁の銀翼だけで行ってもらう。宝珠を持ち帰ればお前たちの勝利だ」

ちなみに、迷宮っていうのは一つの生き物みたいなものらしい。

迷宮は魔素っていうトンデモなエネルギーで動いていて、それで魔物を作ったり内部のトラップやらの構造を入れ変えたり……と、そんな感じらしいんだよね。

冒険者が内部で傷つけば、迷宮は魔素を吸収してより強大な迷宮に進化したり……で、人間としてはダンジョン内の資源やらが欲しい訳で、共生関係みたいなもんなのだ。

で、今回の場合は未踏破階層に――ダンジョンの核となる真紅の宝珠《スカーレットオブノスフェラトゥ》が安置されているということなんだよね。

でも……と私は思う。

「どうして未踏破なのに、そこに真紅の宝珠《スカーレットオブノスフェラトゥ》があるって……ブラッドフォードさんは知ってるんですか？」

「イヴァンナ姫の宮殿のすぐ近くだからな。父上である真祖の吸血鬼が宝珠を管理していたんだ」

あれ……？　と感じる微かな違和感。

でも、それだと……どうしてイヴァンナちゃんは一番最初に会った時に、場所を教えてくれなかったんだろうか？

まあ、いいか。結局はすぐそこにある訳だしね。

「ところで真紅の宝珠《スカーレットオブノスフェラトゥ》ってどんな感じの宝石なの？　イヴァンナちゃんなら知ってるよね？」

「ああ、当然知っておるぞ。何ていうかこう……もふもふとしておるな」

「もふもふ？」

「宝石はあくまでも核で、基本は毛玉なのじゃ。何と説明したらいいものか……元々は宝石じゃったんじゃが、魔力とか魔素とかのなんやかんやがあって最終的に毛玉になってな……ともかく、赤くてふさふさで、少しだけ固くて……犬みたいな触り心地なのじゃ！」

「え!?　何それ！」

と、私は瞳をランランと輝かせてイヴァンナちゃんに詰め寄った。

「どうしよう、私、それ――すっごく触りたい！」

「そうじゃろう、そうじゃろう」と頷いてイヴァンナちゃんは大きく頷いた。

と、そこで、冒険王さんが「あっ！」と声をあげた
「いや、マリサ？　真紅の宝珠《スカーレットオブノスフェラトゥ》ってのは――うわっ！」

なんで大きな声を!?

と、見てみると、イヴァンナちゃんが冒険王さんの背中にヘッドバット状態で頭突きをかましていたんだ。

「ど、どうしたんだ？」

「ああ、すまんの。ちょっとつまずいてしまってな」

「吸血姫が足をとられるとは珍しいところが見られたもんだ」

「それでなマリサ、真紅の宝珠《スカーレットオブノスフェラトゥ》のことなんだがお前たちに渡したいものがあるんだ……魔法学院側から最終階層に辿り着いたら渡すように言われていた。これは流石に言い忘れていたじゃ洒落にならんからな。辿り着いたらコレを使――」　そこで、「あっ！」とイヴァンナちゃんが声をあげた。

見てみると、少し先の曲がり角に……黒い影の魔物の姿が見えた。

「あれって……シャドウ？　でも、これって吸血鬼の使い魔なんじゃ？」

イヴァンナちゃんに尋ねると、舌打ちと共に言葉を返してきた。

「迷宮内の全てのシャドウを下僕にしているわけではありゃあせぬ。中には――使役しておらん野良がおるのじゃ！」

「おいおい、しかも仲間を呼んでいやがる」

うわ……うわわ！

「な、なんか……曲がり角の向こうから物凄い数の魔狼がこっちにやってくるよ？　フー君？　魔獣の王の威厳で何とかなんないの？」

「いや……アレはゾンビ化しておるの。我ではちょっと……」

ゾンビ化してるなら仕方ないよね。

で、私とシャーロットちゃんとルイーズさんが矢面に立って、残りの人たちは後ろの方に距離を取った。

「マリサ以外の二人！　危なくなるか、自分でギブアップしたらすぐに助けに入るからな！」と、ニヤニヤしてるのは冒険王さんだ。

「冒険王に助けに入られた奴はその時点で失格だからな！　まあ、最終的に誰かが宝珠を手に入れればそれでいいから……マリサがいる時点でお前らの勝ちなんだが」

ブラッドフォードさんも余裕しゃくしゃくの表情だ。

もー、なんだかみんな……私を化け物扱いしすぎじゃない？　と、溜息が出る。

続けて、イヴァンナちゃんもこちらに声をかけていた。

「この辺りは地盤が脆い。範囲攻撃魔法は打たぬ方が良いぞ！　それと……マリサはあの一番の大物をやるのがよかろう」

見ると、突き当たりの一番奥には巨大なオークのゾンビの姿が見えた。

かなり強力な魔物のようで、ちょっとシャーロットちゃんやルイーズさんでは相手にできそうもない。

二人とも世間的には既に十分強者なはずなんだけど、なるほど……ここが未踏破なのはそれだけの理由があるんだね。

「私が突っ込むから、残りのゾンビ狼は任せたよ！」

迫りくるゾンビ狼をちぎっては投げ、ちぎっては投げ――すぐにオークゾンビのところに辿り着いた。

後ろを見てみると、シャーロットちゃんとルイーズさんとゾンビ狼は揉みくちゃ状態で大乱戦の様相だ。

と、その時――

ゴゴゴゴゴゴ――と、地響きの音が聞こえてきた。

「きゃ、きゃきゃああああああああああああああ！」

轟音と共に、私の眼前十メートルから先――ゾンビ狼諸共に……シャーロットちゃんたちが消えていた。

じ、じ、地面が抜けた!?

いや、地盤が弱いとか言ってたけど……ゾンビ狼たちの重さでってことなの？

慌てた私は右ストレートでオークゾンビを吹っ飛ばして、崩落した穴まで走り寄って覗き込む。

うわぁ……どれくらいの深さなんだろう？　真っ暗闇で、まるで底が見えないよ。

頑丈な私ならまだしも、シャーロットちゃんたちはこれで大丈夫なんだろうか？

大きく息を吸い込んで二人に呼びかけようとしたところで――

「危ないところじゃったので助けたぞ」

と、二人を抱えた――コウモリの翼を生やしたイヴァンナちゃんの姿が見えた。

「よ、よ、良かったァ……」

へにゃりと座り込んだところで、イヴァンナちゃんが私の横に降り立った。

「ああ、でもこれで失格なんです……」

そうしてシャーロットちゃんとルイーズさんは肩をすくめて、イヴァンナちゃんが大きく頷いてこう言ったのだった。

「どの道……貴様に敵はない。あとは一人で進めば良かろう？」

◆

「良し、これで最後だね」

フー君曰く、そこそこ程度にやる雑魚という名の……古代龍（知性はなくて凶暴な奴）をやっつけて、私はパンパンと掌を叩いた。

目の前には真っ赤な扉があって、どうやらここが真紅の宝珠《スカーレットオブノスフェラトウ》が安置されている宝物庫のようだ。

でも、何かおかしなことばっかりなんだよね。

強力っぽい魔物は出るんだけど、アンデッド系はいないんだ。

シャドウとかの闇の眷属も出てこないし、じゃあ……どうして最初にあんなにたくさんゾンビ系が出てきたんだって話だよね。

まあ、迷宮ってのは神魔大戦の三千年以上前からある、ワケの分からないものの代表みたいなものなので、深く考えても仕方ないか。

そして扉を開くと――

「ほへー」

十メートル四方の部屋の中央に台座があって、その上に真っ赤なもふもふ物体が置かれていた。

「これが真紅の宝珠《スカーレットオブノスフェラトゥ》か」

しかし……凄いもふもふだね。

フー君やヒメちゃん、あるいは猫ちゃんが丸まっている時を彷彿とさせるような……真っ赤な毛玉だ。

「……」

ゴクリと息を呑んで触れてみる。

「ほわぁ……」

ふふ、本当に動物に触っているみたい。

あ、何か体全体が脱力感に包まれてる気がするね。これはひょっとして手触りの癒しの力なのかなー。

「マリサ？　何かお主……ふにゃふにゃしておるぞ？」

「ありゅえ？」

あ、何か確かに……クラっと来た。

お酒を飲んだ時みたいに目の前がぽわーってなって……へへ、何だか本当にふにゃふにゃな感じだ。

その時、部屋のドアが開かれて、冒険王さんたちが入ってきた。

「マ、マ、マリサ！　ああ、素手で触れてやがる！　この馬鹿！　それに触れたら――魂の力を吸い取られて即死するんだぞ！」

「え？　しょくし？　わ、わらし……しんでにゃいでしゅよ？」

あ、でもちょっと変だ。ロレツがちゃんと回ってない。

で、宝珠を台座に置きなおすと――シャキっとした感じがした。

「お、お前大丈夫なのか？」

「な、な、な、なんか――めっちゃ疲れた気がします！」

「え？　それだけ？」

と、同時に神童のパシフィックさんが信じられないとばかりに大口を開いた。

「それに安全に触れるには特別な手袋が必要なはずなのです。過去に災害が起きた時に別の宝珠は数百人の魂を一気に吸い込み大量の死者を出しました。その宝珠に魂を吸われて疲れたのたった一言で済ますなんて――」

と、そこまでまくしたてたところで、ワナワナとパシフィックさんは肩を震わせて叫んだんだ。

「な、何なんですか貴女は！」

「でも、めっちゃ疲れてますよ!?　めっちゃちゃですよ?　もう、とにかく疲れてますよ!?」

「だから普通なら即死なんですって!」

そうしてイヴァンナちゃんは、カッカっと笑って私の肩をポンと叩いた。

「ともかく、これで迷宮走破じゃな。それと――ご苦労じゃった」

イヴァンナちゃんはいつの間にか嵌めていた白い手袋で、宝珠を手に取った。

「え、ご苦労?　どういうこと?」

「茶番に付き合わせたこと、恨むなら恨めば良い――それじゃあの。もう会うこともあるまい」

そうしてイヴァンナちゃんは宝珠を持ったまま――自分の影に飲まれて……いや、潜んで消えてしまった。

「……え?」

何が起きているかが分からない。

ただ、イヴァンナちゃんの気配が完全に消えたことは分かる。

そして……イヴァンナちゃんが最後に見せた寂し気な横顔が、何故か私の心に剥き出しの刃として突き刺さったんだ。

サイド　イヴァンナ

王都の郊外の森——スコールズ侯爵屋敷の廊下を歩く。

しかし、予定通りというか何というか。

まさか本当にマリサが宝珠を……すんなりと手に取るとは思わなかったのじゃ。

いや、まあ……絶対にやると思ったからマリサにくっついてお膳立てもしたのじゃがな。

そもそもからしてじゃ。あの階層までたどり着ける強者なら、別に宝珠でなくとも、宝箱や宝石を迷宮内で見かければ罠を警戒するものじゃ。

じゃが、あやつはノーガード。


——まごうことなきアホの子じゃ。


しかも強力無比な魂の力を持っておる。あんな逸材は……これから先は出てこんじゃろうな。

と、これから先の魂の収集作業の前途を思い、我は溜息をついた。

——コンコン。

この屋敷の主でもある侯爵の執務室のドアを叩き、いつものように返事も聞かずに入室する。

「これはこれは姫……茶菓子と紅茶の用意をさせますので、少々お待ちを」

応接ソファーに座って足を組む。

そして、我は分かるように不機嫌の色を混ぜて侯爵に吐き捨てる。

「もてなす必要はない。早う用事を終わらせるのじゃ」

コトリとテーブルの上に真紅の宝珠《スカーレットオブノスフェラトゥ》を置く。

手袋を装着し、対面に座った侯爵は懐から、二回りほど大きい……もう一つの真紅の宝珠《スカーレットオブノスフェラトゥ》を取り出した。

そして二つの宝珠を重ね合わせ、大きい方に魂の力を移していく。

そして、移し終えた直後に大きく目を見開いた。

「おお、流石は覚醒者ですな！　今回の宝珠の充填率は二十七パーセント……都合八十四パーセントとなりました」

「うむ、これで禁忌の理への到達まで残り十六パーセントとなった訳じゃな。しかし、貴様の不細工な仕事の後始末というのにも……骨が折れた」

「申し訳ございません。ご存じの通りあの覚醒者については、前回のケルベロスの件で捕獲をしようと思ったのですが……失敗しましてね。牢に閉じ込め術式の管理下で魂の力を奪っていれば……あるいはそれで百パーセントとなっていたかもしれませんが」

そこで侯爵はパンと掌を叩いた。

「ともかく、これであの娘も死んだ訳ですね」

いや、死んではおらんのじゃが……。

と、言いかけたところでやめた。別に我はマリサが憎くて……このようなことをしておる訳でもありゃあせぬ。

同じ人間からは二度は吸えぬが故、この男がそういう風に勘違いしたのであれば、そのままにしておくのが一番良い。

「しかし、百パーセントにはまだ足りない。やはり――予想通りに祭りを起こさねばなりませんね」

「気は進まんのじゃがな」

「それでは姫、本日の分を……」

いつものようにテーブルの上に、ナイフと――透明の液体に満たされたワイングラスが置かれた。

「しかし、本当にこのようなことで禁忌の理に到達できるのかのう？」

ナイフを指にあてがい、プツリと肉に食い込ませる。

そして、溢れ出た血液をワイングラスの中に垂らしていく。

ポトンポトン――

いつもと同じくキッチリ五滴。

血が波紋を立て、透明の液体の中に広がっていく。

続けて液体から紫色の煙が立ち上がり、術式が我に向けて流れて来る。

「ぐ……」

これは呪いの術式。

本来であれば無意識的にレジストできるレベルじゃが、意識的に受け入れる。

有効に動作するように、効果的に術が成るように、願いを込めて……体に呪いを刻み込む。

「反魂の儀……この方法以外には実現はできないとお伝えしたはずですが？」

「……分かっておる」

「いいえ、先ほどのお言葉……姫は分かっておられないように見える。何度もお伝えしましたが、古今東西あらゆる屍霊術師が目指した究極の法理――それこそが反魂の法も含む禁忌の理となります」

「知っておるよ。永久を生きる、真祖の吸血鬼という至高なりし存在との魂のリンク。そして幾千の魂を集めたエネルギーの結晶体……真紅の宝珠《スカーレットオブノスフェラトゥ》が、不可能を可能に変えるカギとなる訳じゃな？」

コクリと侯爵は大きく頷いた。

「流石に、かつての魔物使いのご遺体がなければ不可能でしたが……ね。氷棺の中で本当に大切に保管されていたようで……」

「あやつの遺体を無下に扱える訳もあるまい」

と、我は立ち上がり宝珠を侯爵に差し出した。

「では、我は自由行動に移る」

「ああ、ご存じとは思いますが……」

「血の契約術式は……既に我を蝕《むしば》み、本来の力はロクに出せんのじゃろ？」

「ええ、そういうことです。反魂の儀式が終わり次第、力は戻りますが――あまり無茶をされて命を落とされても困るのですがね」

「じゃが、まだ……魂の力が必要なのじゃろ？」

テーブルの上から、空となった小さい方の真紅の宝珠《スカーレットオブノスフェラトゥ》を手に取った。

「どちらへ？」

「人間を無駄に殺すのは好かん。効率は著しく落ちるが、我は我で魔物を狩って魂の力をかき集めるだけじゃ」

「それでは計画は最終段階となります。姫の悲願を叶える見返りに……クーデターの際の助力をお願いしますよ」

「くどい。誇り高き吸血の姫は――嘘はつかん」

と、我は今度こそ部屋のドアへと向けて歩みを進める。

──しかし充填率が一気に五十七パーセントから八十四パーセント……じゃと？

これは普通の人間千人分の魂の総量に匹敵する訳じゃ。

しかも、マリサから魂の力の全てを吸い切った訳でもない。単純に、小宝珠の容量限界を迎えただけじゃ。

「……前世──シェリルの力があるにしても、この数値は明らかに異常じゃ。マリサ……あやつは一体……いや、その中に……何を飼っておるのじゃ？」

ともかく、残り十六パーセントじゃ。

入り組んだ通路を歩き、我は屋敷の出口へと辿り着いた。

「……気は進まんが、やはり人同士の争いの中で……魂を拾うという形になるのじゃろうな」

chapter 5

強烈なメイドがやってきた

「宝珠が……イヴァンナちゃんに盗まれちゃったよ……」

ギルドへの帰り道。

凹んでそう言った私の頭をシャーロットちゃんが優しく撫でてくれた。

「で、でも……まさかイヴァンナさんが悪い吸血鬼だったなんて……信じられないんです」

「んー……でも、イヴァンナちゃんには事情があると思うんだ」

だって、最後にイヴァンナちゃんは……寂しそうな顔をしてた。

本当に悪意を持っているなら、あんな顔は絶対にしない。

そして、私はギュッと拳を握りしめた。

「とりあえず宝珠は返してもらわないといけないんだけど、まずは話を聞かないと……だね。とりあえず帰ろう……私たちの街へ」

と、丘を越えて――街まであと少しの場所へとたどりついた。

「え？　どういうこと？」

街の方では、そこかしこから火の手が上がっているようで煙も上がっている。

しかも、冒険者ギルドの人たちが総出で……街を囲む壁の上から弓を持って矢を降らせていたんだ。

で、矢を降らせている相手方は——街の門へと殺到するオーガの群れだ。

「な、な、なんじゃこりゃあああ！」

そうなのだ。

つまるところは、とにかくオーガパニックで大変なことになっているみたいだったんだよね。

えーっと、オーガの群れの数は四百くらい。ここから群れまでは三百メートルってところかな？

「マリサ？　あのオーガ共……何かに怯えて山から逃げてきたという感じじゃな」

「と、ともかくギルドの人に協力しないと！」

「ようやく私の百式が火を噴く時が——」

と、ルイーズさんが胸を張ったところで、背後から声が聞こえてきた。

「はい、そこの小娘ちゃんたち——おどきなさい！」

声が終わるか終わらないかの刹那の時間。

まず、私はシャーロットちゃんを突き飛ばし、ルイーズさんを抱きかかえて真上に飛んだ。

そしてさっきまで私たちがいた空間を熱閃が通過した。

そうしてオーガの群れに到達した熱閃は爆発し、一撃で群れを焼き払ったんだよね。

これは……私の龍言語魔法に似ている？

爆心地にはクレーターもできてて、地形破壊も起きてるレベルだ。

だから威力も多分、龍言語魔法と同じくらいかな。

そんなことを考えながら、ストンと着地した私は地面に転がっているシャーロットちゃんに声をかけた。

「大丈夫、シャーロットちゃん？」

「あいたた……」

「ごめんねシャーロットちゃん。ちょっとマジでヤバい感じだったから……乱暴になっちゃったよ」

シャーロットちゃんはオーガ諸共に焼き払われ、破壊された地形を見て、その場でペタリと座り込んでしまった。

「は、は、はわわ……何なんですかこれは……大惨事なんです……」

で、シャーロットちゃんは大惨事を引き起こした張本人に視線を向ける。

その視線の先、そこにはつまり——

——メイドさんが立っていたのだ。

「私の名前はダーリア。唯一にして絶対――聖教会の神に仕えるメイドなのです」

ん？　黒髪ロングのメイドさんは開口一番……何か変なことを言い出したよ？

と、私は小首を傾げながらダーリアさんに尋ねた。

「えっと、ちょっと何言ってるか分かりません」

神に仕えるってのは分かるよ。

でも、それって司祭さんとか神父さんとかシスターさんのことじゃないかな？

どうしてメイドなんだろうか……？

あ、でもよくよく見てみるとメイド服をベースに……シスターの服っぽい感じも若干あるよね。

「仕方がありませんね。小娘にも分かるように説明しましょうか」

「はい、お願いします」

「私は三千年前の古《いにしえ》より生きる神官であり、モンスターハンターであり、エクソシストでもあり――

つまり、神に仕えるメイドなのです」

「すいません。更に何言ってるか分からなくなりました」

「えー」っていう感じで、メイド……いや、ダーリアさんはあからさまに説明が面倒そうな表情を作った。

「ところで、久しいわねフェンリルちゃん。あら？　神狼にランクアップしてるみたいだけど……しかし、その小さい姿も可愛らしくてお姉ちゃんは好きよ。うふふ……可愛いわね」

言葉を受けて、フー君は目の色を変えて……尻尾をお尻に隠すようにふにゃりと下げた。

「いかんぞ、マリサ……これはいかん」

「え？　いかんって……どったのフーくん？」

「思い出したのじゃ。こやつ……魔物虐殺《モンスタージェノサイダー》のダーリアじゃ」

「もんすたーじぇのさいだー？」

「うむ、ともかくこの場を早々に立ち去ったほうが良い。こやつは危険な奴じゃ……」

な、な、なんかフー君が怯えちゃってるよ？

今まで色々フー君が危険を察知している場面はあったけれど、今回のはイヴァンナちゃん級にヤバい感じだ。

つまり、マジで危険の予感がするよ。

でも、こんな謎だらけ……挨拶もそこそこの状態で急に逃げ出すってのも何か違うよね。

と、私は前世さんに「前世さんはどう思う？」と呼び掛けてみた。

——こいつは異端査問官のダーリア……バブ。私も過去に色々あって……さっさと逃げたほうがいいバブ、

なぬ!?

前世さんまでもが逃げの一手を推奨ですと!?

これはいよいよ本当に不味い状況なのかもしれない、と私は戦慄を覚えた。

「ところで、貴女——名前は？」

「マリサです。マリサ＝アンカーソン……」

「ふふ、貴女……いい太ももをしているわね」

太もも？

これはいったいどういうことなんだろうか？　と、私は訝しげにアゴに手をやって考え込み始めた。

「ところでマリサちゃん？　ロリコン・コンプレックスという言葉を知っているかしら？」

「ロリコン・コンプレックス!?」

ん？　ん？　んんんん？

本当に何を言っているのかサッパリ分かんない。

これは一体どういうことなんだろうか？　この人はマジで何を言っているのだろうかと、私はアゴにやった手をさすさすしながら考えた。

「ふふ、しかし、マリサちゃんは本当にいい太ももをしているわね。ちなみにマリサちゃんは何歳かしら？」

「えーっと、十四歳になります」

そこでダーリアさんは、大きく大きく目を見開いた。

「み、み……見えないわ！」

「見えないって、年齢のことでしょうか？」

「私はマリサちゃんのことを十二歳と判断したというのに……このお姉ちゃんが……女の子の年齢を見誤るなんて……」

まあ、童顔だしね。

胸も成長途中……だし。

と、そこでダーリアさんは気を取り直したかのように小さく頷いた。

「まあいいわ。見た目十二歳なら……十四歳でも問題ないわ」

「そ、それでロリコン・コンプレックスってどういうことなんでしょうか？」

「つまりね、ロリコンのことを好きな幼女のこと――それがロリコン・コンプレックスなのよ」

「えっと、さっきから言ってますが意味分かりませんよ？」

「つまり、ロリコン・コンプレックスとは――ロリコンである私のことが大好きな貴女のことなのよ！　マリサちゃん！」

しばし私は考える。

そして、ダーリアさんの言わんとするところを理解して――その場で叫んだ。

「私は幼女でもロリコン・コンプレックスでもありません！」

「いいえ、幼女なのは確定です。この平らな胸――幼女ソムリエの私が認定しているのだから間違いないわ」

「胸も平らじゃありません！」

断言したその時、フー君がボソリと呟いた。

「マリサ……そこは認めるのじゃ。ドサクサ紛れとはいえ嘘はいかん」

「ぐぬぬ……っ！」

ちょっと……ちょっとならあるんだもん！

気持ち程度なら膨らんでるんだもん！　まっ平じゃないんだもん！

「ともかくマリサちゃん？　いい子いい子してあげるからこっちに来なさい」

「行きません！」

「ふふ、じゃあ私好みのお洋服を買ってあげるから、今からお洋服屋さんに行きましょう。そしてマリサちゃんを着せ替え人形にしてあげて……ふふ、ふふふ、ふふふのふ――これは良い目の保養になりそうだわ」

「だから行きません！」

「じゃあお菓子あげるから、お姉さんと一緒にいきましょ♪」

「どこの誘拐犯なんですかっ！」

その時、今まで黙っていたルイーズさんが口をはさんできた。

「さっきから黙って聞いておけば……マリサさんが嫌がっているではありませんか！」

「何？　貴女……もしかして私とマリサちゃんの微笑ましい交流の一時を邪魔する気なの？」

「この伯爵令嬢――ルイーズ＝オールディス！　暁の銀翼の仲間を困らせる輩《やから》には断固として抗議いたしますわ！」

その言葉で――ダーリアさんの顔色が変わった。

元々、白くて綺麗な肌だったんだけど、血の気が引いていくようにすぐに青白くなった。

そして何故か目の下に急に特大のクマができて……その瞳から色が消えたんだよ。

「どうしてそんな意地悪するの？　私とマリサちゃんの微笑ましい交流の一時を阻害する奴は許せない。私とマリサちゃんのイチャイチャタイムを妨害するなんてありえないありえないそんなの許せない許せない許せない許せない許せない」

壊れた通信魔術水晶のように、抑揚のない声が繰り返される。

「許せない許せない許せない許せない許せない許せない私とマリサちゃんのデートを邪魔する奴は粉砕し撃滅し殲滅《せんめつ》しみじん切りにして拷問に――」

その様子を見て……パクパクパクパク……と私たち一同は大きく口を開閉させる。

と、そこでフー君が心の底からの恐怖と共に、絞り出すように声を出した。

「……な、マリサ？　危険な奴じゃろう？」

「うん……人生で最大級の危険に直面してるって感じだよこれは」

「奴は昔……もふもふ好きコンプレックスなどと訳の分からない供述をしておってな」

「今はロリコン・コンプレックスだね。つまり、フー君も似たようなことを？」

「うむ、そういうことじゃ」

と、フー君が頷いたところで、前世さんも似たようなことをやられたの？　と聞いてみた。

――いや、昔に異端査問容疑をかけられた時に面識があって……とんでもないドSな上、蛇のようにしつこくて……追いかけ回されて困ったことがあったバブ。

あ、こっちはリアルにヤバい系に追い詰められたんだね。

――聖教会相手だったバブ。正面切って戦う訳にもいかず……。

と、と、ともかく！　本当に危ない人じゃんこの人！

あわわ……変なのに目をつけられた……。

と、私が恐れ慄いていると、ダーリアさんは「はっ」と息を呑んだ。

どうやら、彼女は私やシャーロットちゃんたちからドン引きの視線を受けていることに気づいたようだね。

そのまま、ダーリアさんは我に返った様子になった。

お？　意外に常識はあるタイプなのかな？　ひょっとしてだけど、暴走しちゃったら止まらないだけで、話せば分かるタイプ……とか？

で、ダーリアさんは申し訳ない……という風に、頬に手をやってペコリと頭を下げた。

「こう見えて、私は朝食は東方の国に習い――米食なのです。ふふ、ご飯粒がほっぺに……これでは注目されてしまうのも無理はないわね……」

「そこじゃないですから！」

「さあ、マリサちゃん？　私は貴女のお姉ちゃんよ……いい子いい子してあげるからお姉ちゃんの豊満な胸に飛び込んできなさい」

ああ、コレ……ダメな奴だ。

本当の本当に……ダメな奴だ。

と、私は底抜けのスマイルを浮かべるダーリアさんの視線を受けて――

――た、た、たーすーけーてー！

と、その場で涙目になったのだった。


と、まあそんなこんなで。

「お姉さんは聖教会法王庁奇蹟管理局――逆十字騎士団《ブラッディナイツ》に所属し、その長を務めさせてもらっているの」

「逆十字騎士団《ブラッディナイツ》？」

「曰く、聖教会の決戦兵器。それは三千年前の神話の大戦……お姉ちゃんが可憐な少女だった時から存在している部隊よ」

――可憐……いや、大分違った感じだったバブが。

前世さん、ダーリアさんって当時はどんな感じだったの？

――危ない奴に刃物……それを地で行く感じだったバブ。当時はゴスロリ衣装にハサミを武器にしていたバブね。

ハ、ハサミを武器っ!?　それで、具体的にはどんな感じ？

――戦闘中に血のついたハサミをペロリと舐めて、既に勝敗が決した敵を切り刻みながら……大爆笑をする感じだったバブ。


なるほど、当時のダーリアさんのキャラは手に取るように分かったよ。

いやはや、そんなのに追い掛け回されたって……前世さんも大変だったんだね。

「で、でも、どうしてダーリアさんは三千年も生きているんですか？」

「寿命を延ばす手段なんていくらでもあるわ。お姉ちゃんの場合は半神と化している……というのが理由ね」

「半神？」

「難しいことは分からなくていいわ。ともかく、お姉ちゃんは唯一神の巫女としてこの身を捧げ、神のメイドとして生きることを選んだのよ」

「……なるほど。ところで、どうして決戦兵器みたいな……凄《すご》そうな二つ名を持つ騎士団に所属する人がこんな田舎の村に？」

「ああ、そのことね。お姉さんたちの騎士団には三千年前から生きる長命種族が半分いてね。そして残りの半分は――」

そうしてダーリアさんは、私の頬を両掌で優しく挟んでニコリと笑った。

「――覚醒者なのよ」

ゾクリ、と背中に汗が走る。

つまり、このメイドさん……ダーリアさんが聖教会の奇蹟管理局とやらから出張ってきたのは――

「私が目的ってことですか？」

「しかも、お姉ちゃんが手を焼きに焼いたシェリル＝エイクロイドの転生体って話じゃない？　こんなの放っておく訳にはいかないわ」

騎士団の所属の半分が覚醒者ってことは、スカウトってことなんだろう。

けど、私はここで楽しくやってるしね。

「……私はここで静かに暮らしていたいだけなんですけど？」

言葉を受けて、ダーリアさんはクスリと笑った。

「ふふ、安心して。今すぐに貴女をどうこうしようという意思は私にはないから。今は観察期間中で……教会中枢のお偉いちゃんたちも、貴女をどうこうする気もないみたいだしね」

お偉いちゃんたち……？

まあ、それはいいとして観察期間というのは気になるね。

「観察期間っていうのは？」

「お姉ちゃんの仕事は三千年前の古代に失われた奇蹟――世界を乱す力を管理することなの。例えば、貴女の中に潜むシェリル＝エイクロイドだったり……それらの古代の力を奇蹟と呼び、管理対象とする訳」

「まあ、言ってることは何となくわかります」

「そして、ここは教会中枢とお姉ちゃんで意見が分かれるところなのだけれど――お姉ちゃんとしては基本的には、危険が表面化するまではあるがままに任せた方が良いという考え方なのよ」

「……あるがまま？」

「ええ、かつての神魔戦争の歴史を紐解けば、過ぎた力による世界への干渉はロクなことにはならないわ。それは管理する側――お姉ちゃんたちにも同じことが言えるのよ」

「なんだか良く分からないですけど、とにかく……私に危害を加えたり、無理やり言うことを聞かせたりは？」

「今のところはその気はないわね」

「じゃ、じゃあどうしてこんな田舎に来たんですか？」

私の問いかけに、色っぽくダーリアさんは唇を舐めて応じた。

「宝珠よ」

「……宝珠？」

「ちょっと前から……暴れまわっているのがいてね。酷いオイタをしそうなので、ちょーっとばっかり懲らしめに来たって寸法よ」

「オイタ？　そんな酷いことをしている人がいるんですか？」

「人ではないんだけど……ああ、でも、貴女たちならひょっとして知ってるかも。髪の毛が黒色で、吸血鬼の姫で、そんでもってロリババアみたいな喋り方の見た目が幼女の女の人よ。そんな人が身近にいたりしなかったかしら？」

「うーん……髪の毛が黒色で、吸血鬼の姫で、そんでもってロリババアみたいな喋り方の見た目が幼女の女の人ですか？　残念ですけど、そんな特徴的な変わった人は身近にはいないで――」

と、言いかけたところで、フー君を含めて私たち一同は顔を見合わせた。

そしてパクパクパクと口を何度も何度も開閉させて――

「「「そんな人、身近にいたあああああ！」」」

「と、まあそんな感じでロリババアのイヴァンナは、騙されちゃってるのよね」

ちなみに、ダーリアさん的には……流石に三千歳超えているのは、見た目が幼女でも守備範囲外だったらしい。

なのでイヴァンナと呼び捨てとのことだ。

……話を聞いてみると、かなりヘヴィな状況だった。

以前にあったSランク冒険者の事件、あの時に裏で手を引いていたのはこの国の侯爵さんなんだよね。

で、その侯爵さんは政権争いのキーパーソンだったりする。

この国では王の弟である大公派と、国王派の二つの勢力が宮廷内で毒蛇の闘争を行っているらしいんだ。

それで、大公派閥である屍霊術師の侯爵さんは、武装蜂起を見越したクーデターまでを想定しているらしいんだよね。

で、前回のケルベロスさんの素材はアンデッドの軍勢を作るための準備って話だったんだけど……

ダーリアさん曰く、事態はそれよりも更に深刻らしい。

――吸血姫：イヴァンナの傀儡《かいらい》化
宝珠の力を使ってアンデッドの軍勢を作り上げる計画も同時に走っているんだけど、それだけじゃない。

屍霊術の……アンデッドを操る傀儡の法理をベースに、やっぱり宝珠の力を使い、イヴァンナちゃんを操り人形にしてしまう計画が動いているという話だ。

けれど、普通に傀儡化の術式を施すには、イヴァンナちゃんの持つ強大な魔力、ひいては精神汚染術式への耐性が強すぎて、人の力でどうこうはできない。

なので、この三千年、思いついても誰もやらなかったということなんだよね。

そう、イヴァンナちゃんを普通の人間でどうこうできる訳がないんだ。

けれど、本人が自ら進んで傀儡になることを望む……あるいは、その契約をするような珍事が起きてしまった。

それも考えられる限り、最も卑劣な方法によって……それが起きたんだ。

――かつての魔物使いの反魂。

つまりは、イヴァンナちゃんの人生での唯一の友達……それを出しにされたって訳なんだよね。

そして、侯爵は絶対の戦力であるイヴァンナちゃんと、自らが率いるアンデッドの軍勢の力で、自分が属する大公派閥も含めて……全てを力で制圧するつもりということだ。

「でも、どうしてそんな裏事情をダーリアさんが知っているんですか？」

「かつて、イヴァンナは大魔導士や賢者、あるいは錬金術師に尋ね歩いていたことがあったのよ」

「尋ね歩くって……その目的は？」

「とある知識を求めて……ね。さて、マリサちゃん？　イヴァンナが求めていた知識って何のことか、もう分かるわよね？」

「やっぱり――」

「そう、反魂の法理よ。そしてイヴァンナが最後に辿り着いたのが侯爵となるわ。いや……それは最初から仕組まれた罠だったの」

「罠？」

「吸血姫が反魂の法理を求めている……早い段階で私の耳にも届いたような有名な話よ。そして、何故に反魂の方法を求めるか……尋ね回るからには、その説明はしなければならないわよね？」

「つまり、魔術師さんたちの間ではイヴァンナちゃんの状況は筒抜けだったと？」

「ええ、そうしてイヴァンナの食らいつく餌をもって、侯爵が彼女に接触した……と」

そこで私は小首を傾げてダーリアさんに尋ねた。

「でも、蘇生なんてそんなことができるのでしょうか？」

「できないわ。たとえ、お姉ちゃんでも死んだらそれでおしまい。死んだ者を生き返らすなんて……そんなことは唯一神であってもできやしない」

「ふーむ……イヴァンナちゃんが騙されるに至った経緯は分かりました。けど、どうして侯爵がイヴァンナちゃんを傀儡にするっていうところまで分かるんですか？」

問いかけに、人差し指を一本立たせ、「チッチ」とダーリアさんは舌を鳴らした。

「お姉ちゃん——奇蹟管理局の情報収集能力を舐めてもらっちゃ困るわ。こちとら三千年も奇蹟の管理をやっているのよ？」

「と、おっしゃいますと？」

「ここ最近の侯爵を取り巻く金の流れとモノの流れ……そのおおよそは掴んでいるわ。傀儡関連の書物にその材料、そしてここ最近、イヴァンナが頻繁に侯爵屋敷を訪れているという草からの報告もあるし……これはもう確定でしょう？」

「草？」

「はてな」と思っているとフー君が「スパイとかそういうことじゃ」と教えてくれた。

「まあ、世界各地にある聖教会、その信徒の全てがお姉さんの目であり耳であるのよ」

「と、ともかく……ダーリアさんは凄いスケールの組織の偉い人なんですね！」

「ま、要は以前のSランク冒険者の動きからキナ臭いものを感じていて、この地域の司祭達を使って色々な方法で調査を命じたって話ね。で、この通り情報はマリサちゃんも含めて収集済みってことよ」

「なるほどー。あ、でも！　でもですよ!?　それじゃあ侯爵さんのクーデターをダーリアさんが止めてくれればいいんじゃないですか？　それで一件落着じゃないですか！」

それを聞いたダーリアさんは「はー……」と物憂げに首を左右に振った。

「さっきも言ったけど、お姉さんは自然の成り行きに任せる主義なの」

「自然の……成り行き？」

「ええ、そうじゃなければマリサちゃんの様子を見るなんて……そんなこと最初から言わないわよ。あくまでも、お姉さんは――古代の過ぎたる力が現在の世界に干渉することを是としないというスタンスなの。勿論、聖教会の中枢にも……管理している古代の奇蹟を好きにさせないわ。三千年前の戦争を経験している生き残りとして……ね」

真剣な表情だった。

今まで、かなりアレな人なイメージだったけど、それを覆す感じの真剣な表情だ。

「それで、傀儡化されてしまうと、イヴァンナちゃんは最終的にどうなるんでしょうか？」

「――生ける屍のような状態となって、二千年、あるいは三千年、未来永劫……侯爵家の奴隷となるでしょうね」

「未来永劫……ですか？」

「ええ、吸血鬼の力は――単騎で小国に匹敵することができるような馬鹿げた力よ。侯爵が自身一代限りの束縛で済ますはずがないでしょう？　そして、古代の神秘で生まれた真祖の吸血鬼という種族――そんな存在が、この時代に暴れ回ることをお姉ちゃんが許せると思う？」

なるほど……。

　ようやく、私にもダーリアさんが出向いてきた理由がわかってきたよ。

「つまりねマリサちゃん、この時代に一定以上の影響を与える古代の力を奇蹟と認定――そして、奇蹟と認定した力が暴走しているならば、それを上回る力をもって殲滅による封印を施す。それがお姉ちゃんのお仕事なの」

「えーっと、つまりは、イヴァンナちゃんはダーリアさんの殲滅の対象にある……と？」

「そういうことね。傀儡化……イヴァンナの人類に対する敵対行動が見られたと同時に即時殲滅、あるいは生け捕りにできた場合は、無力化の上で数百年から数千年か……聖教会施設での幽閉と観察が行われるわ。危険性なしと判断されるまでね」

「……す、少し、待ってもらえませんか？」

「待つ……？　何を待てと言うの？」

「要はイヴァンナちゃんがみんなに迷惑かけなきゃオッケーってことなんですよね？　だったら、イヴァンナちゃんを私が止めます！」

そもそもからして、イヴァンナちゃんが侯爵の操り人形にされちゃうなんて許せないしね。

ダーリアさんはしかめっ面を作って、軽く息をついた。

「でもねマリサちゃん？　それってきっと……命がけになると思うわよ？　如何《いか》にマリサちゃんの中に——シェリル＝エイクロイドが飼われているとしても……ね」

前世さんもイヴァンナちゃんと初めて会った時には、割とマジな感じだったもんね。フー君もビビりまくってたし。

そう、間違いなく、ダーリアさんやイヴァンナちゃんは、前世さんの領域にいる存在なんだろう。

ぶっちゃけ、私でどうこうできるかは分からない。

けれど……と、私は拳をギュっと握る。

「それでも、止めます」

「どうして？　話を聞く限り……マリサちゃんが命を賭ける理由は、お姉ちゃんには見当たらなかったけれど」

しばし考えて、私は思わず笑ってしまった。

と、いうのも……どれだけ考えても、理由らしい理由なんて、私の中にはどこにもなかったんだ。

命を賭けるからには明確な理由は……普通は必要なんだろうね。

けれど、ただ——私は何となくそうしたいと思っただけで……。

それでも、何故？　どうして？　って聞かれると、やっぱりこう答えるしかないんだろう。

「——友達だからです」

「友達？」

うん、と私は頷いた。

そして、自分の気持ちを確かめるように……心の中のまとまらない思いを言葉にしていく。

「一緒にご飯を食べて、一緒にお風呂に入って、一緒のベッドで寝て、一緒に心の底から笑えれば、もう私たちは他人じゃないんです——友達なんです」

多分、そういうことなんだ。

今の私が思うことを、一番上手に説明しようと思えば、恐らくは……これが適切なんだと思う。

そんな私の言葉を聞いたダーリアさんは、素っ頓狂な表情を作って、ポカンと口を開いて固まっていた。

そして、破顔すると同時にクスクスと笑い始めて、やがてお腹を抱えて笑い始めた。

「はは、ははは っ……はははは！　お姉ちゃんね……真顔でそんなことを言える子は嫌いじゃないわ！　うん、そうね、分かったわ……認めてあげるわ。お姉ちゃんは手出しはしない」

「あ、ありがとうございます！」

「ただし、二十四時間よ」

「ええ、逆十字騎士団《ブラッディナイツ》――それがお姉ちゃんの懐刀が集まるまでの時間よ。二十四時間だけ、お姉ちゃんはこの国で何が起きても目をつむる――中立でいてあげるってことよ」

「ちなみに……二十四時間でカタがつかなければ？」

「こちらの準備が整い次第、イヴァンナを葬り去るわ。いつ、侯爵の傀儡と化して暴走するか分からない存在は看過《かんか》できません」

ピシャリと断言されてしまった。

しかし、これは不味いな……失敗しちゃったとして「あはは－、ダメでした－。泣きの一回お願いしま－す！」とか、そういうノリは絶対に通じなさそうな雰囲気だ。

こりゃあ、気合入れてかからないとね……。

と、そこで西の山で爆発が起きた。

それは光や炎ではなく……漆黒の爆発であり、常闇の閃光だった。

「これは……？」

「吸血鬼の使役する暗黒の技よ」

「そりゃまた……タイムリーですね」

「二十四時間？」

サイド　イヴァンナ

積み重なった鬼の屍の山の上、その頂上には——山の神とも呼ばれる鬼帝《オーガエンペラー》。

我は、下位の亜神に属する鬼帝の背に腰掛け、溜息をついた。

魂の収集にあたり、鬼帝《オーガエンペラー》と同程度の力を持つケルベロスを狙うことも考えた。

が、マリサたちと知り合いという話を聞いたからには……まあ、こちらを狙うしか選択肢はなかった訳じゃな。

「しかし、このような魔物にてこずっていては世話ないの」

傷だらけの体を見て、苦笑いをする。

呪いの術式に蝕まれているとはいえ、単純物理攻撃無効の霧の体をまともに維持することもできんとは。

無数のコウモリに化けて攻撃を回避する技も失い、単純な力も……半減以下。

真祖の吸血鬼本来の力は既に消え去り、これでは人間のSランク冒険者数人に囲まれても不覚を取る恐れがある。

都合二十に渡る侯爵との契約術式が、よもやこれほどまでに我の体を蝕むとは……。

「ともかく、これで魂の力が集まったはずじゃ」

宝珠は本来は人間の魂を集めるための遺物《アーティファクト》じゃ。

魔物の魂を力に変換するには、あまりに効率は悪いのじゃが……流石に山の神と呼ばれるだけある。

宝珠は仄かに赤く輝き、魂の力はそれなりに集まった風に見える。

そして、我は空を見上げた。


――結局は、これはただのワガママなのじゃ。

――アルマは悠久の時を生きる吸血鬼が見た、仮宿の安息、仮初の夢じゃった。

――そう納得し、そこで決着させることもできた。

――けれど、アルマは言ったのじゃ。遺言に……書かれておったのじゃ。

――無念じゃ……と。

――我と、もう少しだけでも、一緒に過ごしたかった……と。


それは、ヒト族の……短き生に対する無常の句だったのやもしれん。

あるいは、死に際したアルマの一時の感傷やったのかもしれん。

じゃが、奴は確かに無念と、そう書き記しておった。

——それは、我に……全てを過去と割り切らせるには、あまりに重い言葉じゃった。

しかし……と思う。

——幾千の魂を犠牲にしての復活なぞ、アルマは望まんじゃろう。


と、我は自嘲気味に笑った。

「もう、我は迷わぬ」

既に賽《さい》は投げられた後じゃ。

侯爵はこの国を戦火の渦中に放り込み、宝珠は瞬く間に魂を吸い尽くし……術式は完成してしまうじゃろう。

なれば、我は……宝珠が集める人間の魂を少しでも減らすべく動こう。

「それが、少しでもアルマの望む道に沿う方法……なのじゃろうから」

と、そこで我の肌に粟が広がっていく。

背中に冷たい汗が流れるのを感じながら立ち上がり、周囲を見回した。

「ふふ、吸血姫が……臆するとな？」

はたして、そこには無数の鬼の姿があった。

二体の鬼帝《オーガエンペラー》を含む新手……。

既に我は、先刻の鬼帝《オーガエンペラー》を相手に全身をナマスに刻まれ、立つだけでもやっとという状況じゃ。

「なっ――っ！」

そして、足元で鬼帝《オーガエンペラー》の躯《むくろ》が蠢《うごめ》いた。

すぐに後方へ向けて飛び、我は絶句した。

「死後動直《オートマータ》……」

死後に仲間を守るため、自身に刹那限りの不死化の呪いをかける魔物がおるという。

「なるほど、それが貴様らという訳じゃな。しかし、シャーロットではないが、生き死にがかかわらぬ相手であれば……何も気に病むこともなく存分に力を振るうことができる」

シャーロット……と、マリサたちの顔が頭に浮かんだ。

あるいは、我は新たな仮初の宿を……自ら手放してしまったのやも……。いや――

「所詮は泡沫の夢、詮無きことじゃ。人との絆は手に入れたところで、やがては塵芥《ちりあくた》のように消え去ってしまう定めなのじゃからな」

ままならぬ。

いくら求めようが、ままならぬものじゃな。

「さて、どうする？」

霧化もできぬ、コウモリに体を分化させて回避もできぬ。

オマケに先刻の戦いで体は既にボロボロじゃ。


――ぬかった？

――読み誤った？


どちらも正しいし、そして間違っておるな。

何故ならば、この状況を押し通れば、ぬかってもいないし、読み誤ってもいないのじゃ。

我は深く物事を考える頭は持ち合わせてはおらん。何故ならば、その必要がないからじゃ。

「さあ、かかってこい。魔鬼の帝《ミカド》よ」

持って生まれた真祖の吸血鬼という絶対的な力。

生きたいままに生き、障害は全て力で薙ぎ払う。

今まで、そのように生きてきたし、この生き方しか我は知らん。

それこそが、真祖。それ故に、吸血の姫。

なればこそ――

「――この五体の全力を持って、打ち砕いて見せよう」

さあ、もってくれよ我が体……。

アルマともう一度……ただ、一目で良い。そこで全てが終わってしまっても良い。

じゃから、今出せる……我のありったけを……。

そうして、覚悟を決め、体の中で闇の闘気の錬成を始めたその時――

「ちょっとちょっと……ボロボロじゃん！」

鬼帝《オーガエンペラー》の間を縫うように走ってきた影を見て、我は呆けた表情を作った。

「……マリサ？」

「ともかく、とりあえずはこいつらを片付けた後！　たくさん話があるんだからね！」

どちらからともなく、互いに背中合わせで、それぞれの死角を補う形で収まった。

神狼と化したフェンリルや、ベヒーモスの幼体が飛び出していき、マリサと我を守るように前に出る。


――魔物使い……いや、魔獣使い……か。

かつては、我も魔物使いに率いられ……いつもアルマとは背中あわせに戦っておったな。


――懐かしい。

と、そんなことを思っていると、今までの不安や焦燥が嘘のように吹き飛んでいった。

「……これは……認めざるを得んのかもしれん」

背中を任せて……これほどに我を安心させる人間を、我はアルマ以外には知らん。

いや、違う……か。

我を吸血姫として畏《おそ》れず、敬いもせず、ありのままのイヴァンナとして見てくれる人間を……我は、アルマとマリサ以外には知らん。

「ん？　認める？」

「……いや、こっちの話じゃ」

サイド　マリサ

猛速度で西の山まで駆け抜けてきたんだけど、そこでは酷い光景が広がっていた。

何だか良く分からないけれど、イヴァンナちゃんは血を流してボロボロで……。

で、私とフー君、そしてヒメちゃんが戦場に割って入った。

まあそんなこんなで一気に形勢を逆転して、やたら強いオーガさんたちをやっつけたんだよね。

そうして、全てが終わった後、クタクタになったイヴァンナちゃんはその場でくしゃりとへたりこんだけど――

「ねえイヴァンナちゃん？」

「……なんじゃ？」

「お話……ちゃんとしようよ」

「話など何もありゃあせんよ……我はマリサを裏切り宝珠を横取りした。ただそれだけのことじゃ。そもそも宝珠が転生者憑きに効くというのも作り話じゃしの」

今、私は不思議な感情に戸惑っている。

なんだかよく分からないうちに滅茶苦茶な力を手に入れて、フー君やシャーロットちゃんたちと出会って、すちゃらかな感じで毎日笑って幸せで。

そう、今、私が抱いてる感情は、久しく忘れていたものだ。

久しぶりすぎて良く分からないんだけど……私の気持ちを言葉にするのであれば、それはやっぱり……怒っているという言葉が一番近いんだと思う。

「騙してたとかそんなのどうでもいい！　反魂とかの事情は知ってるし、分かってるよ！　理由もちゃんとあったんだよね!?」

「……なぬ？　どうしてそれを……？」

驚いた……という風にイヴァンナちゃんは大きく目を見開く。

「だからそんなことはどうでもいいの！　私は、イヴァンナちゃんから事情を聴きたい！　ただ……ちゃんとお話をしたいんだよ！」

「所詮、我らは他人じゃし、何を言おうが我は止まらん。もし、我の口から聞いてしまえば、お主にとって余計に後味が悪くなるだけじゃぞ？」

「ねえ、イヴァンナちゃん？　何おかしなこと言ってんの？　あんだけいろんな事して笑って、一緒にご飯食べて――」

私はイヴァンナちゃんを睨みつけ、あらん限りの声で叫んだ。

「――もう、他人じゃないじゃん！　そんな訳ないじゃん！　イヴァンナちゃんはただ……自分が後で傷つきたくないからって、それを自分で認めてないだけじゃん！」

イヴァンナちゃんは困ったような顔をした。

その表情は聞き分けのない子供を見る母親のようであり、それでいて同時に……母親に助けを求める子供のようでもあり。

いろんな思いがイヴァンナちゃんの中で巡っているのが良く分かる。

「どうにもならないくらいに追い詰められてるんでしょ？　事情は知ってるよ……でも、私は教えてほしいんだ。イヴァンナちゃんの口からね」

「……マリサ」

「そうすれば、私はイヴァンナちゃんと一緒に問題に立ち向かえる。一緒に考えてあげることができる。そして、一緒に戦うことができるんだ」

「だから、お願い」と私はイヴァンナちゃんに右手を差し出した。

「この手を……握ってほしいんだ」

長い、長い沈黙だった。

そしてイヴァンナちゃんは諦めたように笑った。

「全く、お主にはかなわないのう……じゃが、この手を握れば……我は反魂の法理を諦めることになってしまう」

「アルマさんもそんなことは望んじゃいないと思うよ」

「……そうじゃろうな。じゃが……我は……分からん。もう……どうして良いか分からんのじゃ」

「だから、話をしよう。お話をしよう」

「しかし、それは……ならん。やはり我は途中で止まる訳には……」

もー、本当に強情だね。

と、その時、急にイヴァンナちゃんが頭を抱えて苦しみ始めた。

「ぐ……ぐ……ぐうううう、グアアアアアアアアアア――っ！」

イヴァンナちゃんの右手が黒色に染まり、白い肌を漆黒に染め上げながら、闇は全身へと瞬時に広がっていく。

背中からコウモリのような翼が生えて、闇色の肌に怪しく光る眼は血走り……その瞳から理性の色が消えていく。

「……え？」

イヴァンナちゃんは大きく大きく息を吸い込む。

同時に、大気中の魔素を吸い込み、体の中で闇の力が爆発的に膨らんでいるのが分かる。

そのままイヴァンナちゃんは私に顔を向けて全開で口を開いた。


――闇のブレス。


頭が事態に追い付いていない。

迎撃や防御の準備もできちゃいない。

感じるのは圧倒的な力の奔流と、命の危険。

まず間違いなく、スピードで攻撃をよけるタイプのフー君やヒメちゃんじゃあ……範囲攻撃のブレスを食らってはひとたまりもないだろう。

あ……これはヤバい。

防御結界を張れる私がみんなを守らなくちゃいけないのに……私、何にもできてない。

ただ、イヴァンナちゃんが攻撃の準備をしているのを、傍観者のように……そこで突っ立って見ていただけだ。

――マリサ！　何をやっているバブ！　神護結界《イージス》。

前世さんが代わりに防御結界を発動させた。

フー君とヒメちゃんは防御結界に入るべく、巨大化を解いて、私の両肩にそれぞれ乗っかってくる。

と、そこで私は横合いから現れた影に、かっさらわれるように抱えられた。

「横槍の無粋は百も承知だけれど――ここは一時撤退をオススメしておくわ」

「ダーリア……さん？」

そうして私は頭の整理のつかぬまま、何もできない……いや、何もしないままにその場から離脱したのだった。

「あれこそが古代の生物兵器である真祖の吸血鬼――三千年前から現在に生きる奇蹟よ」

遠い空、逃げる私たちを後追いはせずに、悠然とどこかへと向けて飛び立ったイヴァンナちゃんに向けて、ダーリアさんはそう言った。

「何が起きたん……ですか？」

「傀儡《かいらい》の術式が発動した……ただ、それだけのことよ」

「でも……宝珠の魂の力はまだ未完成って話じゃなかったんですか？」

「恐らくは不完全なままでの力の行使でしょうね。貴女が山に向かった後、すぐに街の下水からアンデッドが溢れかえったわ。侯爵の武装蜂起の予定が早められた……そういうことでしょう」

「止めないと……イヴァンナちゃんも、そして侯爵も……」

ダーリアさんは私に向けて挑戦的な笑みを浮かべる。

「止められるの？　話し合いで未だに解決できると思っているお子様な貴女に……吸血姫がね」

「……え？」

「貴女は黒く変異していくイヴァンナをただ見守ることしかできなかった。あの時の無防備なイヴァンナなら、力を使えば止めることはできたはずよね？　そして……それどころか貴女は何もせずに仲間を危険に晒した、違うかしら？」

言ってることは……分かる。

それに……私は今、シャーロットちゃんがどうしてアンデッド以外を攻撃できないのか、その気持ちが良く分かるんだ。

シャーロットちゃんの場合、その対象は人間、動物、そして魔物も含めた全ての生物。そしてどうやら私は——

——友達に対して振り上げる拳を持ち合わせてはいないみたいなんだ。

イヴァンナちゃんを、敵だと……認識ができない。

だから、イヴァンナちゃんが私を攻撃してきた時、ただただ信じられないと頭がパニックになってそのせいで防御行動にすら移れず、フー君やヒメちゃんまでも危険に晒してしまった。

……。

「ともかく……冒険者ギルドでお仲間が大変なことになっているわ」

「え？　シャーロットちゃんたちが？」

「さっきも言ったでしょう？　街の中にアンデッドが溢れたのよ」

◆

急いで街に戻ると街は静まり返っていた。

既に下水から溢れたゾンビの第一波は制圧済みな感じだけど、まだ街の中に残党がそこらにいる状況らしい。

一般の人たちは家の中に立てこもっていて、ギルド員や衛兵さんが総出で街の中を巡回している
……と、今はこんな状況だ。

で、私はギルドに辿り着いたんだけど――

「マリサ……いや、暁の銀翼。お前たちに頼みがある。水晶玉の通信で他のギルド長と連絡を取ったが、どこも似たような状況らしい」

「で、ギルド長さん？　私たちに頼みって？」

「今回の騒動を収めるにあたって、クリアーするハードルは多くない。たった一点をクリアーすれば終了だ」

「一点……ですか？」

「やることは簡単だ。全ての元凶である侯爵屋敷に踏み込んで真紅の宝珠《スカーレットオブノスフェラトゥ》を奪還する。今夜は満月で召喚にはうってつけだからな、第一波はあくまでも準備段階で、第二波で連中は国をアンデッドで埋め尽くす気だろうが……その前にぶっ潰すんだ」

「でも、侯爵屋敷に踏み込むなんて……証拠もなしにそんなことやって大丈夫なんですか？」

「一応、これは侯爵と対抗している派閥からの、非公式の依頼でもある。今回の騒動に関係する証拠が出てこない場合は、突入メンバーはトカゲの尻尾切りで縛り首かもしれん……が、それ以前に侯爵の計画が成功すれば、この国の司法自体がなくなるだろう。まあ、どちらにせよ危ない橋だが、今回は逆十字騎士団《ブラッディナイツ》のダーリア様の情報もあるからな」

「……なるほど」

「幸い、連中はマリサの力の本当のところを知らないし、逆十字騎士団《ブラッディナイツ》から一連の情報を俺たちが受けているとも知らない。今が唯一にして最後のチャンスだ。やってくれるなマリサ？」

「でも……」と私は首を左右に振った。

「申し訳ないですけど、お断りします」

そこでギルド長さんはキョトンとした表情を作った。

「そりゃあまた……どうして？」

「私の向かう先は侯爵屋敷ではなく、北の山……です」

そう、イヴァンナちゃんが消えていった山だね。

と、そこで、ダーリアさんが口を開いた。

「もう、言葉じゃイヴァンナは止まらないと思うわよ？」

「ええ、分かってます。言葉じゃもう通じない。それじゃあ伝わらないと思うんです」

「な、どうするの？」

拳をギュっと握って、ドンと私は胸を叩いた。

「覚悟は今……決めました。私がイヴァンナちゃんを必ず止めます」

その時「マリサ……」と、ギルド長さんは困ったように肩をすくめた。

「色々と訳ありみたいだな。しかし……侯爵屋敷はどうなる？　確たる証拠もなしにギルドの人員を動かせないし、少数精鋭の潜入となる訳だ。今回はお前と俺の二人に、シャーロット達のサポートがあれば……と思っていたんだが」

「ごめんなさいギルド長さん。これは私の個人的な問題なので……。私の代わりにフー君とヒメちゃんを派遣するのでどうでしょう？」

しばしギルド長さんは何かを考えて「戦力的に厳しいが仕方ない――」と、言いかけて、フー君がピシャリと言い放った。

「ならん。我はマリサと共にあるし、ヒメもそうじゃ。我はマリサに付き従うだけで、他の人間の従僕ではありはせぬ。まあ、暁の銀翼の面々は好きじゃが、マリサに危険が及ぶ今の状況では……マリサを放ってそちらに力は貸せぬ」

「でもさ、フー君……こっちはこっちで大変で、向こうは向こうで大変そうだしさ」

そこで今まで話を黙って聞いていたシャーロットちゃんとルイーズさんが、ほとんど同時に口を開いた。

「私たちだって強くなったんです！」

「私たちのことは気にせずに、マリサさんはマリサさんの為すべきことをしなさいな」

言葉を聞いて、フー君は二人を睨みつけ――雷神のような剣幕で怒声を放った。

「強くなったじゃと？　思い上がるな……馬鹿どもがっ！　未熟なお主たちが多少強くなったところで、この事態では焼石に水じゃ！」

叱りつけられて、シャーロットちゃんは瞬時に涙目になった。

「じゃ、じゃあ……どうすればいいんです？」

「言ったじゃろ。お主らのことは気に入っておると……無論、考えはある。ギルド長よ、要は戦力が足らんのじゃろ？」

話を振られたギルド長さんは一瞬目を丸くして大きく頷いた。

「ああ、そういうことだな」

「我のさっきの言葉……思い上がるなと言う意味は二つあるのじゃ。一つは、純粋に未熟な力にうぬぼれるな。そしてもう一つは……人間という種族自体に優越感を抱くな、特別なものとは思うなということじゃ」

「人間が特別じゃない？　フー君さん……どういうことなんです？」

「忘れてはおらんか？　我がフェンリルから神狼になったように、マリサは使役している魔獣……獣のステージを一つ上げることができるとな。シャーロットもルイーズもまた……マリサと強いつながりがある以上、マリサの支配下にある。つまり、獣としてのステージを一つ上げる余地を残しておるのじゃ」

ああ、そういえばフー君は、私の力でフェンリルから神狼にクラスチェンジしてるんだったよね。

「つまり、どういうことなのフー君？」

「獣を扱い、聖女と武神に育てられた前世の力をあわせ持つ。そうじゃな、マリサ……お主はさしずめ――」

と、そこでフー君は押し黙る。

そして大きく大きく息を吸い込んでこう言った。

「――けもの使いの転生聖女なのじゃ」

けもの使い……。

うん、何だか可愛らしいねその響き！　すっごく気に入ったよ！

「えーっと、それでさ、具体的にどうなるのかな？」

「シャーロットはスピードタイプなので、神狼である我の次元まで速度が上がるじゃろう」

「え！　何それ！　超凄《すご》いじゃん！」

「それにルイーズに至っては……」

「至っては？」

「――百式の奇術がまともになるのじゃ」

ルイーズさんの百式が……まともにっ!?

え、え、えええっ!?

何それ！　見たい、見たい！　超見たいよ！　百式で敵を薙ぎ払うという、そんな決定的な瞬間を私は是非とも見届けたいよ！

と、私がドキドキワクワクの視線を向けると、フー君はクスリと笑った。

「まあ、あくまでも可能性の話じゃ。奇術は奇術のままかもしれん」

ズコっとコケそうになったところで、ダーリアさんが声をかけてきた。

「さて、お話はまとまったかしら？」

そして懐中時計を取り出し、時刻を確認した。

「イヴァンナをお姉ちゃん達が放置できる猶予は残り二十二時間――その時刻までに決着をつけて頂戴ね」

北の山に向けて、ひた走る。

全力全開の全速力。

息を切らし、心臓が脈打ち、足が重たくなっても、ただただ全力に、一直線に。

森の中、猛烈な速度。

一瞬でも気を抜けば——そこで樹木にぶつかってクラッシュするだろう。

極限まで研ぎ澄まされた集中力の中、周囲の音すらも置き去りして、聞こえるのは自分の心臓の音と息遣いだけだ。

「マリサ？　飛ばしすぎではないか？」

「言ったよね？　覚悟はもう……決めたって」

表の事情は、大人に任せる。

ギルド長さんが侯爵屋敷で真紅の宝珠《スカーレットオブノスフェラトゥ》を手に入れればそれで勝ち。

でも、それだけじゃあ、私の勝ちにはならないんだ。

ダーリアさんが言うには、傀儡の術式の背景には真紅の宝珠《スカーレットオブノスフェラトゥ》による莫大な魔術エネルギー供給が前提としてあるってことらしい。

供給を止めるために無理やり真紅の宝珠《スカーレットオブフィロソファーズ》を取り上げたりすると、イヴァンナちゃんの体の中で術式が暴走して、最悪は心を失った廃人になってしまう可能性もあるとのことだ。

「だから、私はイヴァンナちゃんを止めなくちゃならない。イヴァンナちゃんに……自力で術式に打ち勝ってもらわなくちゃいけない」

「では問おう、覚悟とは何を決めたのじゃマリサ？」

結局のところ、傀儡化する前も……私の言葉ではイヴァンナちゃんを説得できなかった。

でも、短い付き合いだけど、分かる。イヴァンナちゃんの癖は知っている。

最後のあの時、あの子の瞼《まぶた》は……ヒクヒクと痙攣していたんだ。

あの子は揺れてる。迷ってる。なら、私にできることは——

「……一発殴って分からせるってことだよ」

その言葉を聞いてフー君は笑い、ヒメちゃんも……状況を良く分かっていないんだろうけれど「あははー」と、笑った。

「うむ。それで良いぞマリサ」

「ん？　それでいい？　滅茶苦茶な方法って自覚はあるけど？」

「いや、それで良い。だってじゃの……」

「だって？」

「お主はアホじゃからな。そして、イヴァンナもアホじゃ。アホが二人揃えば、分かりやすい方法以外では話は進まんからの」

アホアホうるさいね……と、反論しようと思ったけれど、やめた。

「うん、ありがとうフー君」

「間違っている者がいれば、友達ならば殴って止める……そういう道もある。長い時を生きた我にも……似たような経験があるしの」

友達を一発殴るって方法に抵抗はやっぱりあったんだけど、これで吹っ切れた。そして――

「見つけたよ、イヴァンナちゃん」

山の中腹で、虚ろな目でそこに立っているイヴァンナちゃんを見つけたのだった。


「グ、ガ、ガ……ガアアアアアアっ！」

イヴァンナちゃんの右掌から本日三度目の黒い闘気が放たれる。

「な、何ていう……バカげた砲撃なの!?」

「いや、耐えとる時点でマリサも大概じゃがな」

「でも、イヴァンナちゃん……異常にパワーアップしてない？　この前のオーガの時とは全然違うよ」

「いや、むしろアレが本来の吸血姫の力なのじゃろう」

まあ、顛末《てんまつ》を説明すると、要は出会った瞬間に戦闘モードだったイヴァンナちゃんに、問答無用で砲撃を食らったんだよね。

そこから先は防戦一方って感じ。

神護結界《イージス》で全てやり過ごしているけど……防壁を張って砲撃を耐えていると――

「くっ！」

そう、こんな感じでイヴァンナちゃんが発生させた風魔法で吹き飛ばされるんだ。

背後の岩壁に叩きつけられて、そこに氷槍の魔法が雨あられのように降り注いでくる。

氷槍の魔法はほとんどダメージにならないけど、数が数なのでダメージは蓄積されていく。

無理やりに体を動かし、ダメージを承知で防御を捨てて、イヴァンナちゃんに向けて距離を詰めようと走り始める。

で、イヴァンナちゃんはすっと右掌を上げて、再度の黒い闘気による砲撃……これは絶対にまともに食らっちゃいけない奴。

「神護結界《イージス》」

足を止めて防御に専念、そこに飛んでくるのは風魔法。

さあ、このままじゃ今までのリピートだ。

でも、もう大体の攻撃パターンは読めたよ。私は足に渾身の力を込めて、突風を耐えるべく歯を食いしばった。


——ここは根性で耐えて、押し通って見せる！


所詮、私は遠距離攻撃は素人に近い。

いや、近接戦闘も素人なんだけど、撃ち合いみたいなもんに比べればいくらかマシだ。

つまり、距離さえ詰めてしまえば……活路はある。

神護結界《イージス》と暗黒闘気の砲撃がせめぎあい、風に飛ばされまいと足を精一杯踏ん張る。

良し、どうにかこうにか……押し勝てそうだよ！

と、イヴァンナちゃんの砲撃の力が弱くなったところで、私は力なく笑った。

「はは、追加って……」

イヴァンナちゃんは空いている片方の掌をこちらに向けて、そして再度の砲撃を仕掛けてきた。

一発だけで、攻守はほぼ互角。

二発目が私の守護結界に到達すればどうなるかなんて、火を見るよりも明らかだ。

「さあ、どうする？」

前世さん？　もう私じゃ無理。選手交代をお願いしたい。
本当は私一人で全部やらなくちゃカッコ悪すぎるけど……なりふり構ってらんないよ。
と、その時、頭の中から声が聞こえてきた。

——それは無理バブ。

え？　どういうこと？

——全盛期の私ならいざ知らず、今のマリサの肉体では、私は全力全開は出せないバブ。
前世さんの精神に、私の体がついていけないってこと？

——そういうことバブ。勝ち目はないバブ。

え？　それって……マジで？

――そしてマリサ、今から私はマリサのサポートを一切できないバブ。

前世さん？　こんな状況でどうしたの？

――たった一つの勝つ方法……それはマリサが龍言語魔法を使う時、翼が出るということバブ。

本当にこんな時に突然何を言い始めるの？

――マリサの謎の力は……黒龍帝のものバブ。

黒龍帝？

――もう一人のマリサの前世は……黒龍帝アスタルフ。三千年前に私の祖父と祖母が討伐した大御所バブ。そして吸血鬼からの評判は最悪バブ。

最悪ってどういうこと？

――なんせ、大昔に吸血鬼を虐殺し、その魂の力を集めて……龍言語魔法の基礎理論を開発した龍バブ。

イヴァンナちゃんのドラゴン嫌いってそんなところにつながっちゃうんだっ⁉

――ともかくマリサ、奴はヤバいバブ。と、いうのも……昔、こんなことがあったバブ。

◆

その日――。
私の滞在している、とある山奥の街に厄災が現れた。
そこは吸血鬼の隠れ住む街、世界との関わりを断絶した世捨て人の集まる所だった。
その時、現れたのが黒龍帝アスタルフだ。

――別名、吸血鬼喰らいの巨龍。

強者を求めての旅の最中、私は吸血鬼の里に珍しく一か月もの間滞在していた。

普段は数日と持たずの旅がらすなのだが、不思議とそこは居心地が良かった。

他者とは不要に干渉しない吸血鬼の里での、静かな滞在が気に入っていたのかもしれない。

そんな折、飛び込んで来たのが黒龍帝の強襲の話だ。

街の噴水広場での、住民たちの黒龍帝に対抗するための話し合いを、その時——私はなんとなしに眺めていたのだ。

「黒龍帝は既に何百という同胞を狩っているという話だ！」

「我らが持つ闇の力を吸収し、自己の力の更なる肥大化を狙っているというところだろう」

「真祖の吸血鬼でもなければ対処できない相手……逃走しか道はない！」

「街を捨ててか？　それに仮に街を捨てたとして、我ら吸血鬼を受け入れる土地があるとは思えぬ……っ！」

「そもそも、黒龍帝は山の麓まで迫っているという、このままでは逃げるどころか……」

広場に重苦しい雰囲気が訪れる。

そこで私は一同に向けて語り掛けた。

「ならば、私が時間を稼ごうか。これでも武の心得はあるものでな」

周囲の吸血鬼たちの目が大きく開かれ、私は小さく頷いた。

「し、しかし……旅の者にそのようなことを……」

「この一か月……ここでの滞在は悪くなかったぞ。見知った土地が災難に遭うのを……見捨てるというのも寝覚めが悪い」

「それはありがたいが……相手は黒龍帝だ。腕に自信があろうが、ただの人間が時間を稼ぐことなどできるわけがない！」

そこで、私は心外だとばかりに肩をすくめる。

「負けるという前提で話をしているようだが――今、私は強者の予感に狂喜している。個人的な話になるが、私は少し……力を持て余していてな」

そして、ニヤリと笑って言葉を続けた。

「別に……倒してしまっても構わんのだろう？」

◆

「そ、そ、そ、それでどうなったの!?」

――普通に勝ったバブ。

「えええええ!?　その流れで倒しちゃったの!?」

──いや、相手が傷ついていたのもあるバブよ？　山の麓に来るまでに吸血鬼と交戦してたバブから。

で……この状況で、その昔話がどうかしたの前世さん？

──つまり、マリサは……もう一つの前世の力、黒龍帝の力を全開まで引き出すバブ。私が呼び水を仕向け──今から黒龍帝の力を全開に引き出し、マリサに流して……吸血姫に対抗するバブ。

え？　え？　本当にどういうこと？

前世さん以外の前世さんの力を表に出したら洗脳……っていうか、人格が乗っ取られるんじゃ？

──それはこっちで何とかするバブ。体の中で私が……アスタルフを抑え込むバブ。やることは精神世界での全力の果たし合い。私が負ければ私の魂は消え去り、私が勝っても力を使い果たして十年は戻らない……まあ、条件の悪い勝負バブ。

でも、それじゃあ前世さんが！　ダメだよ！　そんなの絶対ダメだよ！

──マリサ。私は強者を求めてこの世界にやってきたバブ。強者と戦えるなら、それが私の本望バブ。

それって負けたら前世さんは死んじゃうってことでしょ？
勝ったとしても十年って……そんなのダメ、百歩譲って十年はいいとしても、死ぬのは絶対ダメだからね！

──マリサ？　私を誰だと思っているのです？

え……？

──私は孫娘──聖女と武神の、孫娘なのです。黒龍帝ごときに遅れはとりませんよ。

前世さんをもっと止めようかと思ったんだけど……やめた。
転生してまで強者に出会いたかった前世さんの望みが叶うってのもあるし、それに……どうにも……止めるも何も、もう始まってしまってるらしい。
と、そこで背中に少しだけ痛みが走る。

また翼が出てきたみたいなんだけど……あ、何……コレ。

何かキタ！　熱いの来たよ！　凄いのキタよ！

翼から力があふれ出て、漲《みなぎ》るような闘気が右腕に集まってきた。

で、気づけば、私の右手がエラいことになっていた。

と、いうのも私の肩幅くらいの半径の……巨大な楕円形の漆黒の籠手《こて》が装着されていたんだよね。

何ていうかすっごくメタリックな見た目で、ブラックメタルドラゴンの皮膚とか、そんな呼び方が良く似合う感じだ。

そして、何というか……すっごく禍々《まがまが》しい。

「これは……？」

――封神具ですマリサ。黒龍帝の力を制御し、武具としても扱えます。言い換えれば、私が抑え込んでいる黒龍帝の力そのものだと考えてください。

う、うん。

全然分かんないけど、とりあえず武器か防具ってのは分かったよ！

と、心の中で呼びかけると、前世さんがクスリと笑ったような気がした。

——さあ、死合を始めましょうか、アスタロフ。

◆

と、前世さん同士の戦いが私の中で始まったっぽいんだけど、とりあえず私は目の前のダブル砲撃への対処だ。

神護結界《イージス》は二つ目の砲撃が着弾すると同時に弾け飛んで、モロに砲撃を受ける形となった。

「う、うわあああああ！」

思わず、盾代わりに籠手を前面に突き出したんだけど——

「あれ……？」

ダメージも衝撃もこない。

ただ、私の眼前でイヴァンナちゃんの黒の闘気が霧みたいになって……周囲の空気に溶け込んでいくのが見えるだけだ。

「これって……中和されているの？」

「うむ、吸血鬼殺しの黒龍帝の力……じゃな」

と、そこで更に追加で砲撃がやってきた。

今度も籠手のおかげでダメージもないけど……そろそろ連撃で中和できる限界を迎えてるのが何となく分かる。

「まだ……撃てるの？」

更にもう一撃の砲撃が飛んできた。

流石に付き合い切れないので、横に飛んで最後の砲撃はよけた。

うん、やっぱり私……強くなってる。

さっきまでは早すぎて受け止めるので精一杯だったけど、今はよけることができる。

でも、これって……やろうと思えばイヴァンナちゃんは最初から四連撃はできたってことだよね。

「ねえフー君？」

「何じゃマリサ？」

「イヴァンナちゃんはどうして……最初から本気を出してなかったんだと思う？」

「吸血姫の考えることなぞ、我には分からんのじゃ」

ジグザグに砲撃を躱《かわ》しながら、距離を詰めていく。

距離差は十メートルを切って、拳の届く距離まであと少しだ。

そして、この距離なら分かるよ。

——イヴァンナちゃんの瞼はずっとヒクヒクと痙攣しているんだもん。

うん、やっぱそうなんだ。

操られながらも、イヴァンナちゃんは私を傷つけることを戸惑っている。

悩んでいる、揺れている。

「離……れ……離れ……よ！　死にたく……なけ……れば……我に……は触れる……な！」

と、そこでイヴァンナちゃんの瞳に色が戻った。

吸血鬼殺しの力が……屍霊術をベースにしている傀儡化の力を削いでいるってことなのかな？

「もう……意地張るのはやめようよイヴァンナちゃん。これから……みんなで一から始めよう」

「マリサ……貴様に我の何が分かるというのじゃ？　我がどのような思いでこの状況の中におるか……貴様に分かるはずなどないのじゃ」

私は腹の底から湧き上がる感情を止めることはせず、大きな声でこう言った。

「何かに悩んでるなんて分かんないよ、そんなの——言ってくれなきゃ分かんないよ！」

「何故に、赤の他人の貴様に言わねばならんのじゃ！」

「違うじゃん、もう他人じゃないじゃん！　一緒にお菓子食べて、一緒にお泊りして、バカやって笑って——もう、私たち友達じゃん！」

「とも……だち？」

「少なくとも、私はそう思ってる。ずっと一人でいるって……イヴァンナちゃんが勝手に自分で決めてるだけじゃん」

「それにね」と私は言葉を続ける。

「フー君が言ってたんだ。間違った道を進んでいる人がいたら……友達だったら殴っても止めるって、そういう道もあるって」

足場を確認……良し、思いっきり足で押しても、崩れたりはしなさそうだ。

そして、私はクラウチングスタートの姿勢を取る。

「だから、拳で語ろう。迷ってるなら……そうしよう。そういうのじゃないと、多分、私たちは……お互いに気持ちの整理がつかないから」

「……」

無言でイヴァンナちゃんは大きく頷いた。

そうして今までとは比較にならない規模の砲撃を放つべく、イヴァンナちゃんは大気の魔素の吸引を始めた。

――相手の準備の出鼻を挫くなんて無粋はしない。

互いが互いの渾身の一撃を放ち、そして勝敗を決める。

――これは私たちが友達になるための神聖な儀式なんだ。


卑怯に勝っても、意味なんてない。

「さて、マリサ？　我の準備は終わったぞ？」

「私はとっくに終わってる」

全霊の力を込めて地面を蹴ってのロケットスタート。

同時にイヴァンナちゃんの掌から黒色の砲撃が放たれ――迎え撃つのも漆黒の大籠手だ。

砲撃に呑まれる寸前、渾身の力を込め、右ストレートを放つ。

「どっこいしょおおおおっ！」

砲撃の圧を無理やりに力業で叩き潰しながら突き進む。

そして右拳がイヴァンナちゃんの顔面に一直線に伸びていく。


――バチコーーーーーン！

そうして、巨大な籠手の鉄槌が顔面に突き刺さり、イヴァンナちゃんは真後ろに向けて吹き飛んでいったのだった。

サイド　イヴァンナ

マリサの一撃がガツンと頭に響いた。

同時に、アルマの遺言が走馬灯のように頭を流れていく。


――イヴァンナは純粋無垢。私は貴女のことが心配です。

――人間にはいろんな人がいます。貴女のことを好きになってくれる人もいるかもしれないし、嫌いになるかもしれない人もいます
――人間と交わることは悪いことではありません。ですが、その前に人間という種族をきちんと知ってもらいたいのです。

――貴女の力は強大です。必ず、貴女を利用しようとする人間が出てきます。

――悲しいことですが、人間の性質は悪なのです。

――人は、力の強い者を畏れ、攻撃し、あるいは懐に引き込んで……利用します。

――だから、貴女は無垢なままで生きてはいけない。自分を守るために人を拒絶することも必要になってくるでしょう。

――でも、それだけではつまらない。

――恒久の時を生きる貴女です。一人だけで生きていては貴女はいつか孤独に押しつぶされてしまうでしょう。

――傷ついたっていいのです。悲しい思いをしたっていいのです。

――それ以上に、笑えればそれでいいのです。

――これから先もたくさんの出会いと別れを経て、たまには泣いて――たくさん笑っていてください。


――それが、私の願いです。


体の痛み。

心の痛み。

いろんな感情が胸に渦巻き、最早《もはや》何がなにやら分からん。そうして我の口から洩れた言葉は――

「殺せ、敗北者は死ぬのが定めじゃ」

その場で座り込み、我は降参のポーズを取った。

「……そんな定めなんてないよ」

マリサの問いかけに、我は悪びれもなく応じる。

「じゃが、それでは我は止まらんぞ？　侯爵がダメなら、他の輩《やから》にアルマの反魂を求めるだけじゃ」

「なら、私が止めるよ。何度でも、何度でも……殴って止める。そんなことはアルマさんも望んでないと思うから」

かなわん。

全く……こやつにはかなわんのう……。


――結局、我は……ただ孤独という名の絶望の中で生きる理由が欲しかっただけなのかもしれん。

――アルマが望んではいない。そんなことは分かっておった。

――幾千の魂の犠牲を糧に反魂を行う。そんな生を。

――あやつが望まぬことくらいは……な。

――そう、これは我のワガママ。

――もう一度、アルマに会いたい。

――その気持ちだけが独り歩きし、少し考えれば分かることを見ないフリをし……。

――アルマの蘇生を生きる糧にし、その目的に追いすがることで生きる寂しさを埋めておっただけじゃ。

「じゃが、吸血鬼と人間は相容れん。我はお主の友として、同じ時間を歩むことはできんのじゃ」

「相容れない？」

「うむ」と我は頷いた。

「種族が違う、寿命が違う。友になぞ……なれるもんじゃあるまい」

それもまた、分かり切っておったことじゃ。

故に、我は人間を、他者を……拒絶した。

孤高を望む同族とは必要以上に交流もできず、寂しさを埋めることが叶わず……その結果が今回のこの有様じゃ。

そこでマリサは我の頭に……籠手のついてない方の腕で、ゲンコツを落とした。

「なれるよ！」

薄い胸を張り、マリサはニコリと笑った。

「だって、私とフー君は友達なんだもん！　種族は違うけど、分かり合えないことなんて……ないよ！」

眩しい笑顔じゃった。

と、そこでマリサは一歩下がり、我に向けて手を差し伸ばしてきた。そう、我に向けて何度も伸ばされた手――

——我は本当は……こやつと出会ってから、ずっとずっとこの手を握りたかったのやもしれん。


いや、事実としてそうなのじゃろうな。

つまらぬ意地を張り、アルマの望まぬ道を行き……。

そうして我は観念したように肩をすくめ、マリサの手に自らの手を伸ばした。


——これで良かったのかの？　アルマ？


と、心の中で問いかける。

マリサの差し伸べる手を握りしめると、心の中でアルマが特大の笑顔の華を咲かせたのじゃ。

そうして、緊張の糸が切れた我は……そのまま意識を失ったのじゃった。

サイド ギルド長

遠方からの禍々しい波動も消えて……俺はニヤリと笑った。

「上手いことやったようだなマリサは」

ほぼ制圧の完了した屋敷内、最後に残った不死者王《ノーライフキング》を見て……溜息をついた。

「しかし、こりゃあ……ちょっと俺もウカウカしてられんな」

と、いうのも屋敷内ではほとんど俺は何もしていない。

元々はこっそり潜入して、真紅の宝珠《スカーレットオブノスフェラトゥ》と屍霊術の召喚の証拠を掴むだけの予定だったんだが……まあ、結果として派手になった。

数十人の守衛の人間の兵士はシャーロットが全て眠らせ、アンデッドの類はルイーズが全てを片付けたってことだな。

そして今まさに、不死者王《ノーライフキング》にトドメを刺すべく術式を練り上げているルイーズというのが現状だ。

「全くこの年齢で……大したもんだよ」

不死王《ノーライフキング》の討伐難度は、フェンリルやケルベロスの次元だ。

マリサによる謎の強化があるにしても、いささか……やりすぎだな。

中央に行ってもSランク冒険者の中位以上で通じるんじゃないかというほどに、今のこの二人は強い。

と、そんなことを考えていると、ルイーズは右掌を不死者王《ノーライフキング》に向け、高らかに声をあげたんだ。

「百式の奇術――」

そこでシャーロットがギロリとルイーズを睨んだ。

「……」

「……」

「……せ、精霊魔法レベル9：不死者殲滅《シャイニング》！」

今、シャーロットとルイーズの間で何らかのせめぎあいが起きたようだが、そこは気にしないでおこう。

ともかく、不死者王《ノーライフキング》を倒せる程度にこの二人は強くなった。

しかし、俺もまだまだ……このギルド最強の座は若造には譲らん。

マリサはワケのわからん存在だから別として、少なくともこの二人には譲らん。

そうして俺は精一杯の威厳と共に、重く静かな声色でこう呟いた。

「――後は侯爵本人を詰めてお終いだ」

「お父さん？　でも、侯爵さんは本当にこの先に？」

「ああ、道すがら守兵を何人かボコボコにして、全員がこの場所を吐いたんだから間違いねえわな」

そうして俺たちは階下に見える階段――地下の大部屋の入口へと歩を進めたのだった。

正に、屍霊術の実験場という趣の地下室だった。

アンデッドの素材となる腐った人間の屍や、ズラリと並んだ髑髏《どくろ》。

あるいは、冥府から強力なアンデッドを呼ぶためと思われる魔法陣……まあ、趣味が悪いとしか形容できない部屋だな。


「何故だ、何故にこんなことになっている！」

と、部屋に入るなり、侯爵が半狂乱になって攻撃魔法を放ってきた。

「精霊魔法レベル６：精霊王の祝福《エクストラマジックガード》」

ルイーズの防御魔法で侯爵の魔法を完封。

ま、当然ながら俺たちは無傷だ。

それを見た侯爵は、顔を土気色に染めてその場で喚き始めた。

「ぐ、ぐ、くううううう！　何故だ！　何故にこない……イヴァンナっ！　どうして呼びかけを無視する！　お前さえいればこのような連中……虫けらのように薙ぎ払えるものをっ！」

言葉を受けて、シャーロットは誇らしげに胸を張った。

「あなたなんかに……私の大切な友人は絶対に負けないんです！」

しかし、真祖の吸血鬼を力ずくで止めるなんて、本当に無茶苦茶だなあの娘は……と、俺は思わず笑ってしまった。

まあ、味方でいてくれる分にはこれほど心強いことはないけどな。

と、そこで剣を抜き、俺は侯爵にこう問いかけた。

「国内でアンデッドを発生させて大混乱に陥れた重罪だ。潔くこの場で斬られるか、捕縛の後に晒し首にされるか――好きな方を選べ」

「さ、晒し首になどなってたまるか！　私は侯爵だぞ!?」

「どこの世界に、アンデッドの軍勢を使って国家転覆を謀る貴族がいるんだよ」

剣を向けて詰め寄る。

すると、侯爵は後ずさりし、ニヤリと笑って懐から赤い宝石を取り出した。

「……宝珠？」

「はは、ははは！　宝珠の力――二割はイヴァンナの洗脳に使い、残りはアンデッドの大軍勢を呼び出すためのものだったが、こうなれば仕方ない！　全てを道連れにしてやる！」

ドス黒い何か……魔力でも闘気でもない何かが宝珠から溢れ出した。

これはマリサ――いや、それ以上の……？

あいつと決定的に違うのは……これはただただ禍々しい、そう、これは――

――純粋な悪意の塊といえるような力だ。

ドス黒い何か……いや、黒い霧はすぐに人の形を成し、そこらに並んでいる棺の一つに向かっていった。

「おい、この馬鹿――何考えてやがる！」

「宝珠の力を暴走させたのだよ。力の依《よ》り代《しろ》となった死体は宝珠の力を一身に受け、正真正銘の化物となる。それは宝珠に集めた魂の力が尽きるまで……ただ破壊に興じる殺戮人形《マーダードール》だ」

と、中から男の死体が出てきた。

無表情のままに周囲を見回し、男は不思議そうに小首を傾げる。

そして、男からは殺戮の覇気とでもいうような、冷たく静かに禍々しい気を感じる。

――こりゃ不味い。

対峙しただけで分かる。

俺たちでどうこうできないのは明白で、それはシャーロットとルイーズも分かっているようだった。

背後――退路を確認し、男を刺激しないように少しずつ後ずさりする。

「まさかとは思うが、逃げ切れるとでも思っているのかね？　仮に……そうだな、死神とでも名付けようか。死神は私も含めてこの場の全員を皆殺しにし、外にいる連中もみんな殺される。はは、視界に入っただけでお終いって話だな」

そして死神は俺たちを見据えて、静かに、小さく笑った。

そのまま、縮地としか形容できないような速度で、シャーロットに向けて間合いを詰めてきて――

「お父さん！」

咄嗟にシャーロットと死神との間に割って入った。

で……腹に一発いいのをもらっちまった。

鎧と体に防御魔法を重ね掛けにして、一発ならどんな攻撃にも耐えられるようにしていたんだが
……こいつの前では紙装甲だったらしい。

ドシンと内臓まで響いた打撃に、今にも吐き戻しそうになる。

その場で膝をつき、俺はシャーロットとルイーズに、ギルド長としての最後の命令を下した。

「逃……げろ」

chapter 7

ラストアタック

「ま、ま、まだ何かあるのっ!?」

と、いうのも、南の方角から黒い霧のような何かが吹き上がったんだよね。

遠方から感じるのは禍々しく、そして強大な力の奔流だ。

これって……確か侯爵屋敷の方角だよね!?

っていうか、イヴァンナちゃんも大ダメージ受けて気絶しちゃったし、今はもうそれどころじゃないんだけどっ!

と、そこでフー君が吐き捨てるように呟いた。

「力の行き先を無くした宝珠が……暴走しておるようじゃな」

「暴走?」

「うむ。追い詰められた侯爵がヤケっぱちになって、死なばもろともで破壊の力を解き放ったのじゃろう」

「それってヤバいの?」

「うむ、超ヤバい」

断言されてしまった。

フー君が「超ヤバい」って言うくらいなんだから、本当にヤバいんだろう。

「と、と、ともかくっ！　あそこにはシャーロットちゃんたちもいるし、今すぐ戻らないと！」

「しかし……アレは今の我らでは対処できんと思うぞ？」

「マジで無理なの!?」

「うむ。マリサ……お主……力……もう、あんまり残ってないじゃろ？」

確かに……。

実際問題、私は力を使い果たしているみたいな感じなんだよね。

察するに、万全の状態なら何とかなるくらいの感じだとは思う。

だけど……このまま無策で突撃をしかけても、どうにかなるとは思えない。

「じゃ、じゃあどうするのフー君？」

「しばし待て、今……考えておる」

と、その時――

私たちの背後から慌てた様子の声が聞こえてきた。

「マリサちゃん！　時間はないわ！　今からお姉ちゃんが言うことを良く聞いて！」

と、まあ……そこにいたのは、ダーリアさんだったというわけだ。

「さて、状況を説明するわね」

ダーリアさんの部下の人……というか古代龍の希少種の背に乗って、私たちは侯爵屋敷へと向かっている。


で、ダーリアさんの説明はといえば――

・フー君の読み通りに侯爵さんはヤケっぱちになって自爆を選択。
・ギルド長は重症、侯爵は仮称：死神に殺された。
・シャーロットちゃんとルイーズさんはギルド長を担いで屋敷から離脱。

と、まあこんな感じだ。

「で、でもダーリアさん？　どうして死神は屋敷内にとどまっているんですか？」

「現在、宝珠は古代の奇蹟――死神と称される存在の繭《まゆ》を作っているのよ」

「繭？」

「ええ、元々宝珠は１００パーセントの充填もされていないし、完全体じゃなかったみたいなの。で、屍霊術の実験場ということで、その場で死体や魔術素材なんかを吸収して力を蓄えているってところね」

「あの……ちょっとわかりにくいです」

「……大暴れの前の腹ごしらえとでも言い換えれば分かるかしら？」

「それ、すっごく分かりやすいです！」

その言葉にダーリアさんは「アホっぽくてやっぱり貴女はいいわ……」と唇を舌で湿らせて、私の背中にゾゾゾと嫌な汗が走る。

「で、私は何をすれば？」

「通常戦力は役に立たない。そして、このままでは国が破壊の闇に呑まれるのは必定なの。完全体になったら……お姉ちゃんたちでも現状の人員と装備では手を出せないわ」

「ふむふむ。でも、方法はあるんですよね？」

「ええ、通用しないのは通常戦力のみよ。いい？　マリサちゃん、これは貴女が始めたことよ――」

そうしてダーリアさんはしばし押し黙り、大きく息を吸ってこう言った。

「――ケリは自分でつけなさいな。それがお姉ちゃんが動かないギリギリのラインよ」

まあ、元々はダーリアさんは全部まとめて……危険なものはデストロイするのがお仕事だもんね。

この辺りの理屈は分からないでもない。

「そう……貴女が全力で繭をぶっ飛ばすのよ。できなければ、私たちが本格介入してイヴァンナ諸共にこの場の危険な奇蹟は全て消去します」


侯爵屋敷の中庭に黒色の繭……というか、本当に見たまんまの繭っぽい感じのものがあった。

屍霊術の実験場から、ごっそりと死体や素材を繭の中に取り込んで、今はお食事中ってところなんだろうかね。

「さて……」

歩を進めて、黒い繭へと近づいていく。

大きさとしては、楕円型の長いところで五十メートルの巨大な球体って感じだね。

手の届くところまで近づいて、ドアをノックする要領で叩いてみる。

――コンコン

金属を叩いているような音で、相当な固さを予感させるね。
次に左手を大きく大きく振りかぶって、八割くらいの力で叩いてみた。

――ゴンっ！

ほんの少しだけ繭に亀裂が入って、パラパラと破片の粉が舞うけど、拳で打ち抜けない。
今度は巨大な籠手のついている右腕を振りかぶる。

――しかし、思えば変な力に目覚めてから、全力で何かを「破壊しよう」って思って殴ったことはなかったよね。

これは私の本気……まじりっけなしの全開だ。
前世さんから受け継いだ力と、私の中に眠るという黒龍帝の力を右手と籠手に流し込む。
「うりゃあああ！」

ドゴーンと、けたたましい音が鳴った。

バリバリバリと数メートル半径の繭の外殻が弾け飛んでいき、その全体に細かい亀裂が入る。

確かにヒビは入ったし、殴り続ければいけそうな感じはする。

「良し、通った！」

「いかんマリサ、これは良くないのじゃ！」

あ、これ……ダメな奴だ！

繭から黒いオーラみたいなのが溢れ出して……周囲の地面が盛り上がった。

それで、次から次にアンデッドが溢れ出しちゃってきたよ！

「うわ、うわ、うわあああああ！　ゾンビがいっぱい出てきたよおおお！」

「それも高位の奴じゃな。我とヒメで受け持てるはせいぜいが三十くらいというところかの」

すぐにゾンビの数は百を超えて、私たちに襲い掛かってきた。

どうにも、繭が自分を守るために防衛行動に入ったみたいだね。

しかも、繭自体は浮かび上がって、グングンと高度を上げていったんだ。

「空に飛んでいっちゃってるよおお！」


さっきの感じだと、思いっきり振りかぶってやっとこさって感じだったんだよね。

このまま繭に飛びついて殴ろうにも、足場が無くて踏ん張りも効かないし、有効なダメージを与えられるとも思えない。
あわわ……ゾンビも来てるしどうしよう……！
と、思っているその時——

——私に任せるバブ。

おお。前世さん！　無事だったんだね！

——うむ。繭への最後の一発なら私が何とかするバブ！

あ、でもでも。
そういえば。力を使い果たして眠るとか言ってたような気がするけど……？

——予想外に弱かったのでそんなことは全然無かったバブ！

なんじゃそりゃ……。

と、まあ脱力だけど、ここは素直にありがたいよ！

で、前世さん、どうすりゃいいの？

——時間を稼ぐバブ。


時間？

——うむ。マリサは一歩も動かず、その場に立っているだけでいいバブ。そうすれば繭を破壊するエネルギーを、私が拳にチャージするバブ！


「いや、無茶言っちゃダメだよ前世さん！」

周囲には高位アンデッドが百以上もいるんだよ!?

フー君とヒメちゃんで三十くらいって話だし、私だって引き算くらいはできる。

どう考えても数の勘定が合わないよ！

私も応戦しないと……と、そう思ったその時、空から赤い槍が十本程降ってきた。

「死の雨《ブラッディスピア》」

何事かと思っていると、突如として私たちの周囲に十人の……黒髪の……見知った顔の女の子が現れた。

「霧の魔人群《フェイク・ライフ》」

そして十人の分身にアンデッドを蹴散らさせ、こちらに歩いてきたのは――

「イヴァンナちゃん!?」

「……助太刀じゃ」

「で、で、でも！　完全に力尽きてた感だったじゃん!?」

「真祖の吸血鬼の回復力を舐めてもらっては困るぞ？　とはいえ、ギリギリじゃ……それほどはもたん」

確かに戦ってるのは霧の分身で、本人の膝はガクガクと笑ってる感じだね。

「でも、そんな……ギリギリの状態なのにどうして助けてくれるの？」

その問いかけにイヴァンナちゃんは何かを考えて、そして吹っ切れたかのようにニカリと笑った。

「――友達じゃからな」

あ、ダメ……ちょっと泣きそうになっちゃった。

イヴァンナちゃんはそのまま私の後ろに回り、周囲のアンデッドに対して背中合わせの形となった。

「背後は我に任せよ」

と、続けてフー君とヒメちゃんが、私の前に飛び出していった。

「正面は、我とヒメが受け持とう」

「ひめがんばるよー」

そうして、巨大なモフモフとイヴァンナちゃんの、アンデッドを相手にした大立ち回りが始まったのだった。

◆

時間を稼ぐこと数分程度。

いや、時間を稼ぐどころかほとんど全滅させちゃったんだけどさ。

で、どう、前世さん!?　もうイケそう!?


——エネルギー充填１００％。マリサよ……いつでも行けるバブ！


その言葉を受けて、フー君とヒメちゃんが巨大化から戻って私の服の中に入ってきた。

と、そこで、うんと小さく頷いて、上空の繭を睨みつけてクラウチングスタートの姿勢をとる。

空では足場が無いので踏ん張りが効かない。ならば、どうするか……！

「それじゃあ……行くよ、イヴァンナちゃん！」

イヴァンナちゃんのところに駆け寄って、上空に向けて跳躍。

そのまま、籠手を下に向けて盾のように構える。

「正真正銘、これで打ち止めじゃ！」

そして、イヴァンナちゃんが私に向けて砲撃。それはつまりは――

「イヴァンナちゃんの砲撃をカタパルトに突貫だあああああああっ！」

私の自前の跳躍の加速に、更に砲撃による加速を上乗せして……もう、自分でも何が何だか分からない速度だ。

音を、景色を、全てを置き去りにして、繭のコアに向け、上方に一直線に飛んでいく。

後はこの速度で本体に巨大籠手の一撃を叩き込んで……そこでミッション終了っ！

「ってか、ものごっついデカい氷が降ってきてるよおおおお！」

どうやら、繭もただやられているだけのつもりはないらしい。

大気中の水分を固めたと思《おぼ》しき、直径十メートルを超えそうな、ものごっつい大きな氷塊が、ものごっつい速度でこっちに向けて降ってきたんだ。

いや、氷塊自体は余裕で破壊できる。

けど、それだと籠手での一発を氷塊破壊に使うことになっちゃう訳で……。

イヴァンナちゃんの砲撃の残弾もないし、ここで一気に決めないともう無理だ。

仕切り直しの余裕なんかないし……ああ、どうしようこれ！

「マリサ、従魔である我の役目――主人の露払いの仕事を忘れてもらっては困るのじゃ！」

「フー君!?」

氷塊に向けてフー君が飛び掛かっていく。

巨大化して神狼となったフー君は氷塊に体当たりして……良し、氷の軌道が変わったよ！

この感じだとギリギリ私には当たらない感じだけど、それはいいとしてこのままじゃフー君がヤバい。

軌道を変えたところで、物凄《ものすご》い速度で氷塊が落下しているのは変わらない訳だ。

そして、フー君は氷塊の下の端っこの方の尖った部分にくっついてる訳で。

このままじゃフー君が……下敷きになって下手すりゃ串刺しになっちゃうよ！

ああ、どうしよう！　どうしよう！　どうしよう！

と、その時、フー君に向けて、私の服のお腹から黒い影が飛び出していったのだ。

「ふぇんりるおいたーん！」

飛んでいったヒメちゃんがフー君に体当たりを仕掛けて、見事に分離成功。

フー君もヒメちゃんも氷塊から離れて……うんうん、何とか下敷きにならずに済みそうだよ。

「ヒメちゃん――ナイス！」

拳を握り、大きく頷きながら思う。

――ここまでお膳立てしてもらって、手ぶらじゃ帰れないよね！

みんなの思いが、みんながつないでくれたバトンが、今、私の手の中にある。

うん、ここで決めなきゃ嘘だよね！

「さあ、いきましょうか！」

――金剛――神域強化――そして封神具――前世さんパワーを１００％充填した黒龍帝の籠手！

「どおおおりゃあああああ！」

およそ十四歳の女の子が発してはいけないような類の、気合の咆哮なのは分かってる。

けれど、こうじゃないと力が出ないんだから仕方ない。

吸い込まれるように、私の右ストレートが繭へと放たれる。

つまりは、籠手という名の巨大な鈍器が、音速を超える速度で突き刺さったのだ。

さあ、これでどうよ！

「って……無傷？　いや……違う！」

繭に一気に大きな大きな亀裂が走った。

ピキピキと繭全体に音が鳴り、そして——


——割れた。


見る間に繭は崩壊し、空中で炸裂、四散していく。

露出される本体の核。それは人間の姿だったんだけど、見る間に本体にもピキピキと細かいヒビが入っていく。

そうして、本体の表面に炎が走る。

続けて、巻き起こる大爆発。

そのまま私は地面に落下し、途中空を見上げてみる。

すると、繭は跡形もなくなっていて——そうして、今回の一連の事件は幕を引いたのだった。

◆

「シャーロットちゃーん！」

「マリサちゃーん！」

破壊された黒い繭の破片が周囲に転がる中、私とシャーロットちゃんは強く抱きしめ合った。

「あの、シャーロットちゃん？　ギルド長さんは？」

「大怪我はしたけど、命に別状はないって感じなんです！」

と、そこで私はイヴァンナちゃんがこちらにチラチラと視線を向けてきていることに気づいた。

「ん？　どったのイヴァンナちゃん？」

「いや、我も……二人みたいにとか、そんなこと全然思ってないのじゃ！」

顔を真っ赤にするイヴァンナちゃんに、私とシャーロットちゃんは顔を見合わせた。そして――


「「イヴァンナちゃーん！」」

と、二人してイヴァンナちゃんに駆け寄って同時に抱き着いた。

ふふ、素直になれない子ってやっぱりほっとけないよね。

で、巨大化したままのフー君とヒメちゃんもこっちに駆け寄ってきて、もう……私たちはおしくらまんじゅう状態で揉みくちゃになっちゃったんだ。

そうして、ひとしきりみんなで抱き合った後――　何故かルイーズさんはこっちに向けて物欲しそうな感じだったんだけど、それは置いといて。

と、そこで、ダーリアさんがこちらにゆっくりと歩いてきたんだよね。

で、ダーリアさんはイヴァンナちゃんに向けて、冷たい声色でピシャリで言い放ったんだ。

「分かっているわよねイヴァンナ？」

「逆十字騎士団《ブラッディナイツ》……か。今回は我に非があるのは明白じゃ。煮るなり焼くなり好きにせい」

「え、ちょっと待って……ダーリアさん？」

そこでダーリアさんは申し訳なさそうな表情で、やるせなく……けれど、力強い口調で断言した。

「マリサちゃん、残念だけどイヴァンナは連れて行くわ。今のイヴァンナは非常に不安定な状態で……何が起きるか分からない、いつ爆発するかも分からないような爆弾を放置する訳にはいきません」

「いや、でも……」

「言ったはずよね？　傀儡化による暴走が確認された場合、無力化の上で数百年から数千年か……聖教会施設での幽閉と観察が行われると」

数千年も……幽閉？

牢屋みたいなところで、一人でってことだよね？

イヴァンナちゃんは……ずっと寂しさに耐えて生きてきて、ようやくみんなで笑いあえるって感じになってるのに……。

「それにイヴァンナは……ある意味では国家転覆の片棒を担いでいたともいえるのよ」

「ちょっと、ちょっと待ってください！」

私の大きな声に、イヴァンナちゃんは悲しげに笑って肩をすくめた。

「マリサ……仕方がないじゃろ」

「でも、せっかく友達になれたのに……そんなのって……そんなのってないよ！」

イヴァンナちゃんは何かを考え、そして――

「泣くなマリサ。人間と吸血姫……同じ道を行くなれば必ず別れがある。それを受け入れた上で、我は貴様を友としたのじゃ」

「で、で、でも……」

涙があふれてくる。

仲良くなったと思ったら、お友達になったと思ったら……すぐにお別れだなんて、そんなのって……。

「泣くなマリサ。我まで……目から水が出てしまうではないか」

目から水って……。

こんな時にまで強がって素直になれないんだね。と、笑いそうになって……そして、余計に涙が出てきた。

しばらくの間――いや、この時間はダーリアさんの優しさだったんだろうね。

結局、数分に渡って私たちは抱き合って……その後で、私の肩をダーリアさんはポンと叩いた。

「それじゃあ連れて行くわねマリサちゃん」

「……酷いことはしないであげてくださいね」

その問いかけには、ダーリアさんもイヴァンナちゃんも何も言わず、ただ二人は困ったように笑った。

「それじゃあのマリサ」

「……違うよイヴァンナちゃん」

「ん？」

「友達だったら、じゃあな……じゃなくて、『またね』って言うんだよ」

言葉を聞いて、イヴァンナちゃんはニカリと笑い、そして――

「じゃ、またの！」

と、そう言い残し、イヴァンナちゃんは後ろ手を振りながら去っていったのだった。

epilogue

エピローグ

それから二か月後。

シャーロットちゃんとルイーズさんは魔法学院に残留し、今まで通りに二足の草鞋《わらじ》で冒険者稼業を続けることになった。

まあ、たまにギルドの依頼でみんなで外に出かけたり、みんなでお食事会をしたりの……そんな日常を過ごしていた訳だ。

で、それはさておきお話も変わりまして。

何を隠そう、今日は暁の銀翼の新メンバーの歓迎のお茶会である。

お菓子が大好きな子っていうのと、何だかんだで出迎えの行事はちゃんとしてあげたいってのはある訳で。

ってことで、蛇の道は蛇ってことで……今回は伯爵令嬢であるルイーズさんにお茶会の準備をお願いしているのだ。

やっぱり、ガチガチのお貴族様と私とでは、お茶会に対する造詣が全然違うだろうしね。

ま、お茶会っていっても本格的なモノじゃなくて、ギルドの一室を借りてって感じなんだけどさ。

「しかし、シャーロットちゃん。伯爵令嬢のお茶会ってどんなんだろうね」

「そりゃあ、お貴族様ですからね。優雅で優美なお菓子やら、香るだけで天にも昇るような……そんな上品なお茶が出てくると思うんです」

「でも、お茶会の会費……ルイーズさんに渡さなくて本当にいいの？」

「お貴族様が主催するお茶会で会費なんて、逆に失礼だと思うんです」

しかし、いやあ、考えただけでワクワクでウキウキになってくるね。

そんな感じで私たちはギルドの廊下を歩き、お茶会の会場である一室のドアを開く。

そして部屋に入ると同時――私とシャーロットちゃんは顔を見合わせる。

と、いうのも私たちの鼻先をくすぐった香りは、優雅やら上品やらとはかけ離れた――スルメの匂いだったのだ。

「ル、ル、ルイーズさん？　どうして……お茶請けが……スルメなの？」

お茶会場というより、宴会場といった感じの匂いだ。

はてさて、これはどういうことなのだろう？

「――伯爵のレベルとなると……普通のお菓子ではなく、一周回ってスルメが出てくることがある。今日はそれを皆様に披露した次第ですわ」

私とシャーロットちゃんはしばらく押し黙り、そしてほとんど同時に口を開いた。

「あ、そうなんだ」

「あ、そうなんでしゅか」

どうやら、シャーロットちゃんは驚きのあまりに久しぶりに噛んじゃったようだね。

「べ、別に会費を貰っていないので、私の財布の予算ではお菓子が買えなかったとか……そういうことでは全然ありませんので」

いやあ、そりゃあまあそうだろうね。

まさかお貴族様が金欠だなんて、そんなことは私もシャーロットちゃんも欠片も思ってはいない。

と、その時――

「我はスルメは好きじゃぞ！　お気楽な感じで良いではないか！」

ギルドの会議室に、ノックもせずに入ってきたのはイヴァンナちゃんだった。

「早いねイヴァンナちゃん！」

「うむ。ダーリアが手をまわしてくれてな」

「でも、お偉いさんの説得に二か月かかったんでしょ？」

「我は危険生物……厄災の認定をされておるらしいからの。逆十字騎士団《ブラッディナイツ》の保護観察下である点はマリサと同じじゃが、殲滅《せんめつ》封印か、制御不能状態になった前例があるゆえ、安全性の検証に……な」

本来であれば、殲滅封印か、あるいは無力化の上での投獄もありえたんだよね。

この辺りはダーリアさんが上手くやってくれたんだけど、「これで貸し借りなし」とのことだ。

あの人の中では、カドゥウケスの業火を使用する際に、私たちに仕事を押し付けたのが借りとなっていたらしい。

それと、単純にイヴァンナちゃん本人には人類に害なす気はさらさらないということもあって、文字通りの保護観察処分ということなんだよね。

で、私も同じような状況だから、どうせ観察するなら同じ場所ということで——今日の新メンバーの歓迎会だ。

「これからよろしく頼むぞ、マリサ」

自然に、イヴァンナちゃんが右手をこっちに伸ばしてきたから、思わず涙が出てしまった。

「……ん？　どうしたんじゃ？」

「ううん、何でもないよ——これからよろしくね！」

そうして差し出された手を握ると、涙を流す私とは対照的に、イヴァンナちゃんは向日葵《ひまわり》のような笑顔でニコリと笑ったのだった。

あとがき

さて、「けもの使いの転生聖女」の2巻でした。

1巻は初めて表現する方向性の内容を好きなようにやったのですが、手探り感が半端なかった感じですね。

2巻は色んな要素を綺麗にまとめた感じはするのですが、逆に言えば尖った部分も丸くなって……という感もあるのですが如何でしたでしょうか。

また、けもの使いの転生聖女についてもコミカライズ版が出る（出てるかも）と思いますので、よろしくお願いいします。

コミック版のマリサ本当に可愛いです。

最後に謝辞です。イラスト担当の希望つばめ先生！　前巻に引き続き美麗&可愛らしいイラストありがとうございます！

担当編集者様！　いつもいつもありがとうございます！

そして何より、この本を手に取っていただいた読者様、本当の本当にありがとうございます。

GC NOVELS

けもの使いの転生聖女
～もふもふ軍団と行く、のんびりSランク冒険者物語～ ②

本書は小説投稿サイト「小説家になろう」(https://syosetu.com/)に
掲載されていたものを、加筆の上書籍化したものです。

2021年1月2日　初版発行

著者　白石 新
イラスト　希望つばめ

発行人　子安喜美子
編集　伊藤正和
装丁・本文デザイン　AFTERGLOW
印刷所　株式会社エデュプレス
発行　株式会社マイクロマガジン社
URL:https://micromagazine.co.jp/

〒104-0041
東京都中央区新富1-3-7　ヨドコウビル
TEL 03-3206-1641 FAX 03-3551-1208(販売部)
TEL 03-3551-9563 FAX 03-3297-0180(編集部)

ISBN978-4-86716-096-1　C0093

ファンレター、作品のご感想をお待ちしています!

宛先　〒104-0041　東京都中央区新富1-3-7　ヨドコウビル
株式会社マイクロマガジン社　GCノベルズ編集部　「白石新先生」係　「希望つばめ先生」係

アンケートのお願い

二次元コードまたはURL(https://micromagazine.co.jp/me/)ご利用の上
本書に関するアンケートにご協力ください。

■スマートフォンにも対応しています(一部対応していない機種もあります)
■サイトへのアクセス、登録・メール送信時の際にかかる通信費はご負担ください。

魔力チートな魔女になりました
a Witch with Magical Cheat
創造魔法で気ままな異世界生活
アロハ座長
イラスト てつぶた
最新4巻
2021年
1月30日
発売!

GC NOVELS
悠久を生きる魔女の
出会いと別れの物語――
魔力チートな魔女になりました
～創造魔法で気ままな異世界生活～
①
魔力チートな魔女になりました
～創造魔法で気ままな異世界生活～
②
魔力チートな魔女になりました
～創造魔法で気ままな異世界生活～
③
既刊①～③絶賛発売中！
B6判／各1,000円＋税